Wemarengenya Haauruki Moto

naStephen Mushamba

First published in Great Britain in 2023 by:

Carnelian Heart Publishing Ltd

Suite A

82 James Carter Road

Mildenhall

Suffolk

IP28 7DE

UK

www.carnelianheartpublishing.co.uk

Paperback ISBN   978-1-914287-13-8

eBook ISBN   978-1-914287-14-5

A CIP catalogue record for this book is available from the British Library.

Editor: Tinashe Muchuri

Cover design: Daniel Mutendi

Typeset by Carnelian Heart Publishing Ltd

Layout and formatting by DanTs Media

Gwaro rino ndakarinyorera vose vakasungirwa mhosva dzavasina kupara

Chitsauko 1

Rakange riri zimbwa remumaraini ekwedu rakatanga nenyaya yangu. Raizivakanwa kwazvo nezita rekuti Gijimu. Mufunge zvenyu, Gijimu rainge rakati zvaro gojodho, kugara mberi kwangu richindinhanzva kumeso. Vashe vangu imi, kana kuzvirota zvangu kuti kunze kuno kunei! Ndainge ndakati zvangu tasa, padombo raive pedyo nepamba pedu.

Ndipo pandakati bengenu, pave paye ndichiti, "Pfutseki! Zimbwa repi, kundizadza gwembe nemasiriri? Ndosaka richifamba nematatu! Kure neni!" Ndakadaro ndichinhonga dombo pasi, asi Gijmu rakange rapedza matunhu nechekare. Ndakaridza tsamwa, ndokudzedzereka ndakabatira pawaya kuti ndisawira pasi. Ndakatora serefoni yaive muhomwe yekurudyi rwemudhebhe ndokutarisa nguva. Ndakaona dzati gedye pana 2 mangwanani.

Aikazve! Zvakwave kuedza ndivete padombo apa? Ndave kuwanza doro ini, ndakadaro ndichitaurira mumwoyo. *Ndinachowo ini chinondisundidzira neshure chisingaonekwi. Kubva ndaita zvekuumburuka mumavhu chaimo senguruve nekudhakwa! VaZivai vakandiona ndakaparara kudai, hapana chakanaka chinobuda ipapa. Vanondidzinga pamba pavo masikati machena.*

Ndakabata gedhi ndokuona rakakiiwa. Ndipo pandakanzwa mhere yemunhu achida rubatsiro ichibva kumugwagwa. Hana yangu yakarova ndave kutyira upenyu hwemunhu iyeye.

Zvandakanzwa mhere iyoyo, handina kufunga kaviri. Ndakati regai ndimhanyire ikoko ndinobetsera munhu uyu akange abongomora mhere munguva dzeusiku hwakadai.

Zvichida akange apinda mudambudziko guru kwazvo rinogona kutora upenyu hwake! Zvayakatetsurwa mhere iyoyo ndakange ndiri pedyo nepamba zvekuti ndaikwanisa kungoti gedye pagedhi ndichinoti nyengu mumba ndichinodzipfumbura zvangu hope dzemuchirimo. Zvino doro randakange ndaswerera kunwa musi uyu rakange rakandikiya zvekuti shwe, ndokundipa chivindi.

Ndakafamba kwechinguva ndokumira pakati penzira ndakateya nzeve. Mhere iya yakange yati mwi. Denga rakange rizere nenyeredzi dzaipenya sedombo rengoda. Iro gwara renzou waiti zvimwe imhute iri kupfungaira zvayo muchadenga. Mwedzi wainge uchangonyura kunze kwachiti zvino tsva-a, kune kamhepo kaivhuvhuta zvakanyorovera. Mazizi namatahwa shiri dzinofamba usiku dzairira mumiti yaive mumativi enzira. Mukati mesango maive netunhu turi kure, tusinganyatsoonekwa kuti muti here kana kuti munhu.

Mberi kwemugwagwa handina kuona munhu. Ko, ndiani akange aridza mhere inotyisa kudaro achida rubetsero pakati peusiku hwakadai? MuHarare, igaroziva kuti kufamba mumugwagwa munguva dzeusiku kuzvigokera moto muziso. Unosangana nechakati tende, usingazvifungire. Chokwadi, kufamba usiku kwaive kushambira mudziva rizere nengwena. Ndakazvishingisa semurume, asi hana yakange yave kubika manhanga. Bvudzi rakange rave kuti nyau-nyau mumusoro. Zvichida munhu iyeye akange afunga zvekugurira nenzira yemusango ndokukaruka awira mugomba! Makomba emakorokoza akange akazara munzvimbo zhinji muChristonbank pedyo neguta reHarare. Nzvimbo dzataikoshesa kare dzakaita sekumakuva, muzvikoro nepakati pemugwagwa chaipo, makorokoza akange ave kuchera goridhe sevakagarwa nengozi.

Kuti munhu uyu asangana navakomana vaye vanofamba namabhemba vachibira vanhu mari dzavo kana kuti matombo egoridhe? Ndakazvibvunza, ndokushaiwa mhinduro. Ndichangoti karakata, pamukwidza ndakaona munhu akati kushu, zvake ari pakati pemumugwagwa.

"Ndiani?" Ndakadaro ndichibvunza ndichiita nhendeshure, uku hana yave chigayo. Hapana akandidavira. Ndakaramba ndakati nde-e, kutarira munhu uya. Pfungwa dzangu ndokutanga kumhanyama-mhanya mundangariro dzangu. *Chiiko? Zvaari munhukadzi wani! Rega ndione kuti zviri kufamba sei. A-a-a! Inga aka kabhegi, idzo ishangu! Kuti ndezvake? Kuti... Kuti ndivaye-vaye vakadzi vanoshanda namakororo? Kazhinji vanonyepera kutsvaga rubatsiro vachizoguma vakuita hwekiti yamukira musaga.*

Handina kuzofunga zvakawanda. Ndakarovera mwoyo padombo ndokuenda pedyopedyo nemunhu uya ndichinomubhabhadzira pabendekete. Hezvo, ave kurimbinyuka segonye achiyuwira namarwadzo. "Amai vangu, kani! Amai vangu, kani!"

"E-e, imi, ndianiko? Maita seiko? Mabva kupi?" Handina kupindurwa mibvunzo yese iyi.

Ndakatora serefoni yangu muhomwe yemudhebhe ndokutungidza mwenje. Ndichangoti bamhama, ndakakatyamadzwa ndichiona pahuma pemunhukadzi uya pane ronda raibuda ropa. Maziso ake akange akati kovo, mukati. Muromo wake wainge wakati dindiri, kuzvimba. Aive munhukadzi angaita makore makumi maviri namviri ekuzvarwa. Zvichireva kuti akange ari mudiki kuneni namakore matatu.

Aive namatama akati tsvikiti, nesakavadzimu rakati nyechu, rakamunakisa zvikuru. Bvudzi rekuzvarwa naro raive rino, refu rakasvibira zvinogutsa meso, asi panguva idzodzo dzeusiku rakange rave dendere reshiri nekuda kwetsvina yaive mumugwagwa. Hembe yake yaive neropa pamwechete nemudhebhe waakange akapfeka. Maoko ake ainge akasungwa netambo nekumashure. Ko, akange apara mhosva ipi munhu wechikadzi?

Ndisati ndaziva chokuita musikana uya akasvinura ndokundinan'anidza semunhu akange aona hama yake. Akashama muromo wake waidedera ndokuedza kusimudza maoko ake mudenga zvichiramba. Aivavarira kutaura neni zvikuru, asi rurimi rwake rwakarema kuburitsa mazwi akati tsvikiti.

"Ndi… Ndi… Ndini Sha… Sha… Shamiso. Ndi… Ndi… Ndiendesei kumba Pa…Pa… Papuroti 149, muna Maputi Drive. Vakuvadza ba… Ba… Baba kumba. Na… Na… Na…"

Zvakataurwa nemusikana uyu ndakazvinzwisisa kunyangwe zvazvo akatambura zvikuru kuburutsa mazwi akati tsvikiti. Nemwoyo une rudo, ndakagutsirira musoro ndokumubhabhadzira pachipfuva chake zvinyoronyoro. Ndakati kwaari aise zvese mumaoko angu panguva iyoyo. Iye zvaakanzwa mashoko iwayo akabva ati zvake sununu, ndiye zi-i, akatarira kurutivi.

Ndakambofunga kuti zvimwe afa. Ndakaisa musoro wangu pachipfuva chake ndokumunzwa achifemera kurekure sehove yabuda mumvura. Handina kuzoparadza nguva zvekare. Nekuchimbidzika, Shamiso akange ava kumusana kwangu ndave kumwadaira pamukwidza wemugwagwa. Ndainge ndasunungura tambo yakange yakamusunga maoko. Bhegi neshangu zvakange zvave kurembera muhuro mangu sebhero remombe.

Ichokwadi kuti hondo huru dzinorwiwa nemagamba akasimba. Ndakange ndazvipira kubetsera musikana uyu nemwoyo wangu wese. Ndaifanirwa kumusvitsa kuvabereki vake papuroti 149, muna Maputi Drive, imo mekare muChristonbank. Kwaivekure nepano. Nhamba yemba iyoyo ndakange ndisingaizive. Asika, mugwagwa Maputi Drive waizivikanwa chaizvo muChristonbank sezvo waidarika nekumagirosa kwaisvika vanhu vakawanda.

Zvandakasvika pamusau waive murutivi rwenzira, pane ruzha rwemotokari yakatinhira mberi kwandaienda. Ndisati ndafunga zvekuita, mwenje wemotokari wakati ngwe-e, kunze ndokuchena semasikati zvekuti waikwanisa kunonga tsono mumugwagwa munguva idzodzo dzeusiku.

"Iwe, muchinda! Uri kuendepi nemunhu watiri kutsvaga namaziso matsvuku?" Rakadaro inzwi remunhurume richibva kwakangekune motokari.

Handina kupindura mubvunzo iwoyo. Hana yakati bha, kurova. Magonhi emotokari akanzwikwa achizaruka. Ndakati kwete, regai nditize naShamiso zvinhu zvichakanaka. Akange ava manyama amire nerongo. Zvaive pachena kuti Shamiso akange agunzva nhundu yamago. Naizvozvo aifanirwa kubetserwa nguva ichiripo. Zvichida akange apoya motokari yavo ichifamba vasati vapedzerana ndokukuvara zvakanyanya. Ko, vaidei chaizvo vanhu ivava kutsvarakadenga yakadaro? Vaive vana ani?

Zvaive nyore kuti tibatwe tiri mumugwagwa. Chiriporipotyo, ndakati pfocho, mukati megwindingwi rakange rakasviba kuti tsva. Musango iroro makange muzere minzwa yemubayamhondoro, rukato, chitomborashonhwe nechaguduma. Veduwe-e, ndakamarwa-marwa neminzwa mumakumbo, mumaoko pamwe nemusoro.

Kuti vatiwane musango rakadaro, midzimu yedu yainge yatifiuratira. Mumwe wangu akange akati zvake kwati, kumusana kwangu sechindumurwa ukuwo ndakamubata zvakasimba. Ndaimhanya sebhiza raive pamujaho. Ndainge ndavimbisa mwana wavanhu kumusvitsa kumba, panhamba 149, muna Maputi Drive.

"Iwe mukorokoza!" Rakadaro izwi remurume aishevedzera ari shure kwedu. "Mubatei mukomana iyeye muuye naye kuno kumotokari. Ko, iye chii pahuku yemweni? Iwe Bhanditi usamusvadagura nebhemba rako. Ndinomuda achiri mupenyu. Anofanirwa kutiudza munhu waari kushandira. Ya-a, vanhu vanoda kuzviita magamba nguva dzose ndivo vatinoda. Regai muone zvatinomuita nhasi kana tichinge tamubata."

Mashoko iwayo zvaakapinda munzeve dzangu, ndakatanga kutyira upenyu hwangu. "Kungofawo here vakomana kunge huku inofira rwendo rwemuenzi? Ko, mhosva yandainge ndapara ipapa ndeipi, chaizvo? Aikazve!

munhu haangonzi bho, mumusoro sembudzi achibva aoma pakarepo. Hezvo, ini ndiri murume wani!"

Ichokwadi, ndakazviramba. Ndipo pandaida kusvetuka zidanda rakange rakachinjika mberi kwangu, imwe tsoka yakahakira padanda iroro sebadza rapinda pasi pemudzi. Handizivi kuti Shamiso akasvotoka sei mumaoko angu shure ikoko. Nyika yakatenderera sewachi yakafa. Chandinoyeuka ndechekuti takanoti, ru ru ru, ndiye mugomba rikiti.

Zvatakawira mugomba rakadzika segonhi remba, Shamiso akayuwira achigomera namarwadzo. Mwanasikana akabvunda achirovanisa mazino semunhu abatwa negetsi rine moto muzhinji. Akaungudza achikava-kava chidziro chegomba namakumbo achiita seane marwarausiku. Mavhu akawira pasi. Hezvo, ruzha rwakange rwawanda mukati megomba.

Musoro wangu zvawakasvikotunga pasi, ndakambodzimaidzwa kwechinguva chakati kuti ndakati rapata. Ndakaona nyeredzi mumaziso. Ndakati koso koso ndokurutsa doro rese randakange ndaswerera kudutira. Ruzha rweamburenzi rwakanzwika mukati menzeve dzangu musoro uchiita seuchatsemuka nepakati. Mbonje yakati tutururu, pahuma pangu senyanga yechipembere. Chokwadi ruzha rwaive mukati megomba rwaizonzwikwa nemhandu dzedu zvikava zvimwe.

"Shi-i-i, shi-i-i." Ndakadaro neizwi raive pasi-pasi, ndakaisa kamunwe pakati pemuromo. "Vanhu vari kutitsvaga vari pamusoro pegomba. Iwe chirega zvino kuita ruzha. Ndinozviziva kuti wakuvara zvakanyanya, asi chishinga semunhukadzi. Ndinokuvimbisa kukusvitsa kumba kwenyu kunyangwe zvikaoma sei. Vanhu ivava ndinoona sekuti havana tsitsi nemunhu, imhondi. Vanotiponda muno musango zvikarova zvakadaro."

Ichokwadi kuti rima ishasha, chibatabishi chaicho. Takange takafukidzwa nerima raityisa zvataive mukati megomba. Hakuna munhu akationa tirimo. Ndaingokwenya mhuno nekasiyanwa ndichiti tisawana anofunga kutitarira mugomba iroro. Sezvineiwo, chakave chishamiso ichocho nekuti hakuna mumwe wevanhu vaititsvagaakapindwa nepfungwa yekutitarira mugomba raive pedyo navo. Zvavaifamba kumusoro vachipengereka kudaro, mavhu avaitsika aiwondomokera mugomba.

"Zato mhanya neuko! Iwe Kuku tungidza mwenje weserefoni yako nekukasika. Vatsvagei mumakwenzi ayo. Iwe Bhanditi ndati mukomana iyeye ange akamubereka akapfeka hembe seyako iyoyo yechikwata chenhabvu cheDynamos nhamba 9. Vauya nekuno. Havasi kure vanhu ivava.

"Chimbidzai! Tungidzai mwenje yenyu vanhu ava vasati vaenda kure! Asi mange muchiitei chaizvo zvaasvetuka shure ikoko motokari ichifamba? Mune chokwadi here vakomana kunzvengwa nemunhukadzi, pamusoro pazvo akasungwa maoko? Asi tikavabata chete, mukomana iyeye anaye tinomubisa chiri kumeso. Hondo yaatanga iyi, haipere. Nhasi anofira mumaoko edu, regai muone!"

"… nhasi anofira mumaoko edu…" Mashoko iwayo zvaakapinda munzeve dzangu, ndakamabatisisa. Handina kumafarira ndichitaura chokwadi. Akaita kuti ndifunge zvakawanda zveupenyu hwangu kunyanya marererwo andakaitwa. Nyaya iyi yehondo yaive huru kwazvo yandakange ndajaira. Ndichitaura idi, ini ndakange ndiine misikanzwa isingaite, yaibvira mwoto kuti bhe. Nguva zhinji ndaiwanikwa paye panzvimbo inogara yakabaka zvibhakera. Chete kungoti hazvo, nyaya yangu iyi, yakandisvitsa mugomba umu, neuyu mutsikapatinhira, mhandaraisionekwi, ndainge ndaibatira kumucheto sechinyoreso.

Mushure mekunge tatsvagwa ndokushaikwa nevanhu vandakange ndisingazive, handina kuzoparadza nguva ndiri mukati megomba. Ndakazviramba kungoti bondokoto ,sembwa yahwengwezhurwa nechitsiga chine moto. Semukomana wechidiki kudai, ndakabuda mugomba iroro nyore nyore. Ndakatsika mumativi aro ndokugweshaira nemusana segonye ndichikwidza kumusoro kusvika ndati karakata. Ndakasvetukira panze zvakaisvonaka ndichinoti tsivarara, musora raive pedyo ndokuteya nzeve. Kumabvazuva kwainzwikwa zhowezha ravanhu. Hezvo, mwenje yavo yaioneka ichivheneka mumakwenzi, mumiti nemumakoronga aive musango iroro. Shungu dzekuda kutibata dzakange dzapotera vanhu ivava zvakanyanya. Kuuraya munhu ndoona sekuti yakange isiri nyaya huru kwavari.

"Ko, vanhu ava ndivanani chaizvo vaitsvaga Shamiso namaziso matsvuku kudai?" Ndakadaro pfungwa dzichimhanya-mhanya mumusoro mangu. "Iye Shamiso ati, vasiya vakuvadza baba kumba. Ndave kuona sekuti paitika nyakanyaka kumba kwavo yakuvadzisa baba vake. Ko, nechikonzero nei?" Panguva iyoyo handina kukwanisa kuwana mhindiro pamibvunzo yese iyi.

Pari zvino pfungwa dzangu dzakaenda kumotokari yaive kumugwagwa. Ndisingaiti ruzha ndakati nyahwa nyahwa, sembada ndichienda kumugwagwa kuya ndokuona motokari yakamira murutivi rwenzira. Yaive yerudzi rweToyota D4D. Yaive neruvara rwezerere. Hwindo rekurutivi kwemuchairi rakange rakati zvaro haradada, kushama.

Mukati memotokari mainzwika muchiti. "Bha…
Bha… Bha… Bharakashu! Bharagada!"

Ndakakoka chivindi ndiye nyahwa nyahwa, zvekare
ndichinoti kwaba, parutivi rwegonhi ndokuteerera ruzha
rwaibuda mumotokari. Kuti nditi ruzha urwu rwaive
rwemunhu, ndakazviramba. Zvichida waive mumhanzi
weparedhiyo wainzwikwa ngoma nemabhosvo achirira.
Mushure mechinguva chakati kuti, ndakakoka chivindi
ndokutungidza mwenje weserefoni ndichivheneka mukati
memotokari. Aikazve, ko zvamakange muvete munhurume
aiita magwiriri anotyisa? Vashe vangu imi, takange takati
zvedu zenda, pachigaro chemutyairi tiri munyika yavadzimu.

Yakange iri hwitakwi, yerume yakadya mukaka
ikaguta. Kusvipa uku, waiti zvimwe ndekwekuramwirwa
nevabereki. Zirume iri rakange rakati ndo-o, kusvipa
semarasha emuti wemupani. Ndebvu refu refu dzaive dzakati
chechetere pachirebvu chake dzakavhara kamuromo kaduku-
duku. Maoko ake akange azere mvere dzainge sango.
Murume uyu ainge abatwa nehope dzedanda. Chokwadi
hope dzerudzi urwu dzaive dzamumona zvekuti pakafamba
chitima aisamuka. Aidzipfodora uku akambandidzira
bhodhoro redoro pakati pemakumbo ake. Muhomwe yake
yehembe ndakaona pasipoti. Pfungwa dzangu
dzakamhanyira pairi.

Ndisingaite ruzha ndakaisa zvigunwe zviviri mukati
mehomwe yakange ine pasipoti ndokuiraura sehove. Pasipoti
yakabuda muhomwe yake nyorenyore, asi yakahakira ndarira
yakaisvonaka kwazvo. Handina kufunga zvakawanda
pandarira iyoyo. Ndakaidzosera muhomwe. Pfungwa dzangu
dzaingove kupasipotpi chete. Shungu yekuda kuziva munhu
uyu yakanditambudza zvikuru. Ndakaverenga zita raiti

Julius Kaitano, achigara panhamba 16, The Fleece Rd. Bhorodhero.

Ndakavhura magwaro epasipoti ndokuona kuti Julias waishanya zvikuru kunyika yekunze yekuDubhai achiita semunhu aienda kwaMutare chaiko. Aisapedza mwedzi asati abira mhiri kwamakungwa achienda kuDubhai. Zvichida aive mhene ari zvekare muzvinabhizimisi. Ndisingaiti ruzha ndakadzosera pasipoti iya muhomwe yake. Kuti ndisakanganwe, ndakanyora zita remunhu uya pamwe nekero yake muserefoni yangu, asi pfungwa dzangu dzainge dzabata zita iroro zvekusarikanganwa pamwe nekero yake.

Sure kwemotokari kwaive nengoro yakange yakati shutu, kuzara zvinhu zvaive mumasaga. Ndakavhura saga rimwe chete ndokukanuka ndichiburitsa dombo rakati kurei sechibhakera changu. Pfungwa dzangu dzakamhanya-mhanya mumusoro ndave nemibvunzo.

Kuti, varume ava vanochera goridhe? Kuti vangave makorokoza atekeshera nenyika? Zvinenge zvave kujeka zvino. Nyaya iyi yave kurudunuka seshinda yejuzi. Zvichida Shamiso ange atiza vamwe vake nebhegi remari. Zvinoreva here kuti mhandara svinu yakadai haina kuvimbika? Zvisinei hazvo ndichaenda naye kumba kwavabereki vake sekumuvimbisa kwandaita. Ndicha...

Handina kuzoenderera mberi ndichifunga. Mumugwagwa makange mave nehohoho, yavanhu. Vaikakavadzana zvekuda kusvitsana zvibhakera. Vakange vari vakomana vaitivhima vakange vazviramba zvekupengereka nesango kutsvaga vanhu vakange vanyangarika. Vaifamba vachiuya kwakange kune motokari yavo. Mwenje yemaserefoni avo yaivheneka mumugwagwa. Ndakati pfocho, musora raive mumativi enzira ndiye vhuruwata, ndakateya nzeve setsuro. Shungu dzekuda kuona nekunzwa zvakange zvichiitika dzakandimona. Ndakatukutira nemusoro segonzo rapinda mumateko enzungu ndokuverenga mwenje yavo. Yaive mishanu yese kana ndisina kukanganisa pakuiverenga. Zvaireva kuti vanhu ava vakange vari vatanhatu tichisanganisa naJulias akangearere mumotokari.

Vasvikapa motokari, vakomana vaye vakaenderera mberi negakava ravo. Ndakati zi-i, zvangu ndiri mukati mesora raive pedyo-pedyo navo. Handina kubata musoro wenyaya waitemesa vanhu ava misoro yavo. Ndaingonzwa tsamwa dzichirira zvavainakurirana nyoka mhenyu. Gare gare, gonhi remotokari rakazaruka, Julius ndiye danzvu, panze achidzedzereka. Muruoko rwerudyi akange ane bhodhoro redoro. Shasha yakadya magaka mambishi pakarepo.
    "Mati chii, vanhu imi?"
    "Tavashaya shefu."
    "Muri mazimboora avanhu! Hamurevesi kana muchiti mavashaya."
    "Ichokwadi, tavashaya shefu. Tavatsvaga pese pese musango rino, asi hatina munhu wataona."
    "Munoda kundinzwa chete. Chii chaicho chamunotaura? Iwe Zato une musoro unenge wembudzi uzere mvura, haunzwisise. Ndiwe mutungamiri wechikwata, asi chaunogona hapana."
    "Zvaitika apa shefu," akadaro Zato neinzwi raive pasi, "zvatishamisa kwazvo kunzvengwa nemunhu akabereka munhu kumusana. Chokwadi zvatikandisa mapfumo pasi kuti njo-o. Hationi sekuti muchinda anga akabereka musikana uyu kuti ari ega. Mufunge zvenyu shefu, aita

19

zvekunyangarika mberi kwedu takamutarisa, zvikatinetsa. Hana dzedu dzarova.Chokwadi tavhundika, tikati tinopera pano nezveusiku, handei. Taona zidzimudza…"

"Nyarara apo, Zato! Uri kuwanwa mbanje nemutoriro mazuvano. Zidzimudzangara ukariona unoriziva?"

"Kwete, shefu?"

"Ndati ndiudze, rakaita sei zidzimudzangara? Ndinokuremadza ukatamba neni pano!" Akadaro Julias achigama Zato asati apedza kutaura. Akati mhiku, bhodhoro redoro raakange atsveta pabhoneti remotokari. Akaripotsera ndokuenda richiridza muridzo richinoti waya, pamhanza paZato. "Aikazve-e! Ndinouraya munhu pano! Pandiri pakaberekerwa ngwena! Handidi kuvhiringwa!"

Zato akati gwadagwa, pasi ndokuzvonyongoka-zvonyongoka sezongororo ragurwa nebadza. Mhere yake yakaita maungira musango imomo. Murume mukuru akaungudza zvakapisa tsitsi. Gare gare, akapfugama uku maoko ake ari kumeso achiita seanonamata. Akauchira achikumbira ruregerero. Mamwe machinda akati tonhoakatarira mumwe wawo. Pakange pachisina achati bufu. Vakange vangoti shutu, mwiro semadzetse. Baba vangu imi, ndakange ndisati ndamboona murume anopfugamira mumwe murume!

"Ndine hurombo shefu," akadaro Zato uya neinzwi nyoro uku achisvimha misodzi, "kuti ndataura ndisina kufunga saka ndati handichazvipamhidze. Pari zvino hatizive kuti muchinda atiza nemusikana wedu uya kuti vari pamwechete here kana kuti kwete. Zvichida munhuwo zvake ari kumubetsera. Sekutaura kwamaita paye, isu tave kuona zvino kuti tarasika zvikuru, harisi zidzimudzangara rataona."

"Zvino kana uchitaura neni chirega kumwaukira sezitye remubhero." Akadaro Julius, ndokuzoti. "Rinotevera risati ravira ndinoda zita remuchinda iyeye nekero yekwaanogara. Kana muchinge mamubata, huyai naye kwandiri achiri mupenyu. Iwe Bhanditi usamukunguzhura nebhemba rako. Ndinozviziva kwazvo kuti hauzezi kutema-tema munhu nebhemba. Pauri hapana chinoera."

Julius achiri kutaura kudaro runhare rwake rwakarira. Akasuduruka paive nemachinda ake ndokunotaura ari pake oga ari kachinhambwe. "Mati ingani hove dzafa mutangi? A-a-a, zvadzinopera nhai imi takatarisa! Ndave kupinda munzira izvozvi." Akadaro Julias ndokudzokera pakange pane chikwata chake.

"Hakuchina zororo vakomana. Zvinhu zvazvadai zvaipa. Tinofanirwa kubata vanhu ava nekuchimbidzika. Hana yangu iri kuti vanozivana chete. Ndinoona sekuti musikana uyu afonera mukomana iyeye, iye ndokumhanyira kuno kunomubetsera. Hakuna zvakadaro zvekuti munhu angafembere kuti kune munhu arikuda rubatsiro. Zvichida muchinda iyeye mukomana wake kana kuti munhu weukama.

"Zvino tinofanira kutamba tsoro yedu takangwara. Onai zvekuita vakomanakana kunze kwachena.Zuva richingotikata,kubudadzokai mutangire pano.Chikwata chedu hachifanirwe kufutwa. Hongu isu hakuna munhu watinotya, asi kufutwa kwete. Ndichanokusiyai panzvimbo pedu paye kuPlaza Oriental. Ikoko ndiko kwandichakupai mari yenyu."

Apedza kutaura, vose vakamutenda ndokupida mumotokari vachibva vaenda.

Handina kuzoparadza nguva ndiri mumasora muya. Veduwe-e, rima raiveko,raityisa. Nhamo yakange yasarira ini naShamiso. Ndakati warawashu, sekatsuro ndini uyotoro, kugomba raive nemwana wevanhu.

Ndasvikako ndakatungidza mwenje weserefoni ndichivheneka mukati megomba. Shamiso ndakamuona arimo akandimirira. Akatarira mudenga zvaakaona mwenje wakabaka. Akaedza kusimuka ndokukoniwa. Mushure mekudzima mwenje, ndakapinda mugomba muya ndokuronga zano rakanaka rekuburitsa Shamiso zvisina njodzi.

Zvandakasvika pagedhi nhamba 149 muna Maputi Drive ndakabereka Shamiso, ndakambofunga kuti zvimwe pamusha uyu panogara gurukota renyika. Mudhuri wepamba apa waive uno murefu-refu, seuchanosvika kumakore chaiko. Hakuna aikwanisa kuusvetuka achipinda mukati. Imba yaisaonekwa nepanze. Pagedhi pakange pakachena kuti ngwe-e, nemwenje waive pamudhuri.

Ndakasvikoradzika Shamiso mutsangadzi yakange yakasvibira senhandare yenhabvu. Ndakatura mafemu ndichiringa-ringa zvandaiyemura upenyu hwevanhu vakange vane zvinhu zvavo muChristonbank. Hana yangu yakanyevenuka zvandakaona runhare rweintercom rwakati tumbi, mujinga megedhi. Zvaive nyore kuzivisa vagari vepamba ipapo kuti ndakange ndauya naShamiso uyoakange akuvara zvakanyanya. Vaifanirwa kuchimbidzika kuzomutora vachizomuendesa kuchipatara.

Ndichangobaya kabhatani keparunhare kuti ndichitaura nevanhu vepamba, pane motokari yakatinhira ichidarika zvayo mumugwagwa. Pfungwa dzangu dzakaenda kuna Julius nechikwata chake vana Zato navana Bhanditi. Hana yakati bha, kurova. Ndakafunga nechemumwoyo ndichiti. "Gonzo mhini gara mumhango chemudzimu chikuwaniremo. Hokoyo-o-o! Julias nechikwata chake vanditevera kuno kuti vandiponde. Kuonekwa chete ndiri pano, ndapera. Regai ndipinde mukati memaruva ari pagedhi."

Ndakati manana eyi, ndiye svetu, ndichinoti rimbinyu, sehoromba yegudo ndapinda mukati memaruva ainhuwira samare. Ndakazonzwa runhare rwuya rwave

kutaura rwega. "NdiShami here asvika pagedhi? *Hello…
Hello… Hello…* Ndiani ari pagedhi?"

Ziya rakati nyakata, muviri wose. Pasina chinguva ndakanzwa gedhi rave kuzaruka ndiye bherengende, kushama. Maziso haana kubva pagedhi apa. Ndakaona varume vaviri vachiti susururu, kusvikapo vakasimira nhumbi dzebasa.Aive magadhi epamba. Akange ari mazirumebamhi, hamburamukaka dzavanhu vandakaona sevaida kundiita mukomberabenzi.. Nekudhakwa kwandainge ndakaita, ndakati zvimwe hondo yakange yauya. Chokwadi, hakuna mutunhu usina mago pasi pano. Magadhi akatarisa pese pese vachida kuona munhu akange abaya bhatani re*intercom*, asi hapana munhu waakaona. Ndakapinda mukati-kati memaruva ndiye zi-i, zvangu ndichida kuona zvaitora nzvimbo.

Nhasi, ndinobiswa chiri kumeso nemamonya aya. Asi kana vachinge vaona Shamiso, chiregai ndidzokere zvangu kumba. Pangu ndinofunga ndapedza.

Magadhi zvaakaona munhukadzi akati rapata, pagedhi vakakanuka ndokumhanyira kwaakange ari. Vakaon aari Shamiso, ndokuramba vakangoti kanhama, kumutarira. Pave paye, vakamudana zita rake vachimubhabhadzira pachipfuva kuti amuke. Haana kutsukunyuka kana kuvadavira. Ropa raibuda pahuma yake rakange rave kuerera pamatama. Varume vakuru vakavhunduka nezvavaiona.

Mumwe wavo akati. "Shamwari Jimalo, ngatizivisei vanhu vari mumba kuti ndiShamiso adzoka, asi akuvara pahuma. Anofanira kuendeswa kuchipatara nekuchimbidzika."

Nenguva isina kufanira, pagedhi pakazara nevanhu kuti shutu. Haazenge munhu aivepo! Vanhu vainge vachimhanyidzana kunoona Shamiso akange akuvara.

Vachimuona akati rapata, kudaro vanhu vazhinji vakafunga kuti zvimwe akange afa. Madzimai akachema akatarisa mwanasikana akange akati rabada, mutsangadzi. Ndinoona sekuti, vaisatarisira kuona shura rakadaro kune munhu wavaida zvikuru.

Pagedhi ipapo pakaitika nyonganyonga. Chirega muone zvakange zvoitwa nemumwe mudzimai wandakati zvimwe akange ari amai vaShamiso. Vakange vakafanana kumeso zvisina mubvunzo. Zvavakaona mwana wavo avete mutsangadzi, vakaikwetsura mhere ndiye tagwarakwata mutsangadzi pedyo nemwana. Vakachema vachizhindikita pasi ipapo nezvibhakera sevairova munhu. Vakadzipura tsangadzi vachipotsera mudenga seshiri yaramwa dendere rayo.

"Nhai vanhuwe-e! Huyai mundionerewo zviri pano! Mwana wangu wafa kani! Ko, zvaatisiya isu vabereki vake tichiripo, zvanzi adiiko? Ndiye Julias wandaireva kuti ingozi pamusha uno. Shamiso kani mwanangu! Muka mwanangu! Zvaaita izvi Julius, hatimuregerere.

"Chokwadi kupamba mwana wangu, woita madiro naye, pedzezvo womudzosera kwatiri akadai. Handiti, ndiwo anonzi mashura iwaya. Ko, adii kuti zviperere ikoko amudya ichiri nyama? Uyai kani mundionerewo nhai imi Marunga, Shiri yamaMadziva, Mushowani." Vakazopedzesera vochema vakambundira mwanasikana wavo. Vakaumburuka mutsangadzi sechana chidoko. Kudoti vadai, vabatwa, vashaya pazvo.

Pave paye Shamiso akazoendeswa mumba. Pagedhi ndokusara vanhu vana vaiti magadhi maviri nevamwe varume vaviri zvekare vakange vachinwa doro ravo raive mumagirazi. Vakange vachikurukura zvavo nyaya yaShamiso uyo akange adzoka kumba vasingazvitarisire. Ndinoona sekuti doro ravainwa rakange ravhuna mbariro dzemusoro yavo. Vaikakavadzana zvikuru. Kuti dzaive hama dzepamusha uyu! Zvichida kushaikwa kwaShamiso kwakange kwaunganidza hama dzepedyo kuti vaonere pamwe kuti vazadzise kureva kwevakuru vakare vakati, rume rimwe harikombe churu.

"Sekuru, tikaziva chete kunogara Julius, tichanopedzerana ikoko." Akadaro murume wechidiki. "Isu tisu vaera Shiri vacho. Imi madhara mese maenda kuchasara isu vechidiki tichigadzirisa zvinhu zvamakavhiringa. Kukura kwangu kwese, handisati ndanzwa muera Shiri anonzi, mukadzi nemumwe murume."

"Muzukuru hondo haina kunaka. Kazhinji inosiya chivhumba nemisodzi."

"Hakuna zvakadaro sekuru. Chitarisai muone zvaitwa Shamiso. Zvino tingarega kutsiva pakadai?"

"Kutsiva mungatsiva zvenyu muzukuru, asi zvichibatserei?"

"Honai sekuru, upenyu hwababa huri munjodzi nekuda kwaJulias. Ko, matombo egoridhe akamatorerei ivo vanhu vakapedzerana nyaya dzavo kare?"

"Muzukuru, hakuna chinoitika pasina chikonzero. Dai baba vako vakanditeerera pakutanga pangadai pasina zvese izvi."

"Sekuru, isu tave kugadzirira kupinda mumakomba acho iwayo Julias achida, asingade."

"Muzukuru, dai wambotsveta izvo kurutivi tatarisana nedambudziko riripo rababa vako. Uyu Shamiso zvaadzoka kudai, tave kuda runyararo."

"Kwete sekuru, hatingapeta maoko edu vanhu vachingodya mari yedu takatarisa. Makomba iwayo ane mari yakawanda tisu takamavhura. Saka ndeyedu."

"Zvino hondo yenyu yamakavamba kuMazowe ikoko ichateura ropa revakawanda. Chitarisai muone yasvika zvino pachivanze chepamusha uno ichibatanidzira vasina mhaka. Zvino mudhuri uyu wabatsirei?"

"Mudhuri hauna basa sekuru. Julias ari kuda hondo. Zvino tinopedzerana chete! Ko, asina maoko ndiani?"

"Ndiri kuramba hondo muzukuru kumigodhi ikoko. Nyika yedu ine hupfumi hwezvicherwa zvakawanda kwazvo kudarika nyika dzakawanda mudunhu rino. Asika, imi makorokoza ndimi madzosera pundutso yebudiriro munyika medu muchirwisana. Zvino hapana kwatiri kuenda nehondo dzenyu idzodzo."

"Julius anofunga kuti ndiye ega anoziva kukosha kwemari. Iye chete chete munyika yese! Zvino matombo egoridhe aakatora pano achamadzosera chete nemuseredzero.

"Akauya akatora matombo pano masikati machena. Zuva rakacheka nyika. Haazezi muridzi wemusha uno. Pedzezvo wopamba hanzvadzi yangu. Munoti kukwana here ikoko?"

"Zvino baba vako ava vakakuvadzwa zvekuti akafamba zvekare nemaviri aya, chokwadi unondibvunza iwe. Chiremba ari kumurapa mumba umu andiruma nzeve nhasi mangwanani ano achiti, achadamburwa gumbo kuti ararame."

"Saka hondo pakadai haipere sekuru. Kuti shungu dzedu dziserere ticahatsivawo zvakaitwa baba vedu."

Magadhi akauya pakange pakamira sekuru vaikurukura nemuzukuru wavo. Mumwe wavo akafamba ndokunoti tote, pedyo negedhi. Akabvunza achiti. "Ko, nhai sekuru, tingati ndiShamiso afufurika ega rungwanani rwakadai, kana kuti ndiJulius nechikwata chake vauya naye vakamutsveta pano vaona kuti akuvara?"

Mubvunzo wagadhi uyu wakaita kuti mumusoro mangu mupinde imwe pfungwa. *Ya-a, chiregai ndibude pano pandakahwanda ndiende kune vanhu ava ndinovazivisa kuti ndini Simba ndakange ndauya nehama yavo. Ndinoona sekuti vachafara kwazvo pandichavaudza nhoroondo yekununura kwandaita Shamiso pamuromo weshumba. Ndarwa ndimire. Ndichadaro ndichipepeta norwangu rurimi. Ivo vachati kanhama, nazvo. Vachateya nzeve kwandiri vachinzwa madudumira anenge achibuda pamuromo wangu. Ndiri kuvaona vachikanuka vaine shungu yekuda kuziva zvizhinji zvakaitika.*

"Ko, wakazvifambisa sei kubereka munhu mukuru saShamiso uchibva kwese uko kuna Goronga uchisvika naye kuno kuna Maputi?" Vachabvunza vachidaro.

Ndipo pandichavati, "Zvaida kushinga. Dai ndakange ndisina kushingirira, chokwadi handaisvika naye kuno ndakamubereka. Zvamunoona kudai, handina kurara ndichifamba husiku hwese kuti ndisvike naye kuno kuna Maputi." Zvichida vachanditenda nemari, asi ndinoiramba mari yavo. Uku kubetserana chete kwandaita.

Mafungiro iwayo ndiwo akandipinza mumukanwa mamupere. Vamwe vanoti, kushanja kwemunhu mukuru kuzvikoromorera chakati tende. Munhu akadzidza anombodzivaidzwa wani! Handina kunge ndazvifungawo kuti varume vaive pagedhi apa vakange vane mamwe mafungiro. Zvakaitika pagedhi apa hama dzangu, nanhasi uno zvinondibata-bata muhana mangu. Ndakati kwarakwashu, ndichibuda mukati memaruva, ndini uyo kukovaira ndichienda kwaive kwakamira vanhu.

Vakandiona vose ndokuvhunduka, vakanoti ungaunga pagedhi pakange pana gadhi. Pane mumwe wavo akashevedzera achiti. "NdiBhanditi, adzoka kuzotirwisa!"

"Handisi Bhanditi, varume musanditye henyu! Ndinonzi Si…"

Handina kuzoenderera mberi ndichitaura. Ndakaona vanhu kuti toro, kumhanya sevaive pamakundano emujahwo. Vakanoti piti piti pagedhi. Sekuru vakati tetsu tetsu, vari shure. Ndakaona sekuti vakagumburwa nedombo ndiye rezu, mudenga muromo uchinoti pasi nyonde. Girazi rakange rine doro rakanoti waya, richiputsika kwakadaro uko. Vakati simu, pakarepo, ndokudididza vachipinda pagedhi, asi vakange vave kukamhina zvino.

"Sekuru mave kusvika, kasikai tizarire gedhi!" Akashevedzera mukomana wechidiki ari pamberi.

"Kwete kani varume, handisi Bhanditi ini! Ndinonzi Simba! Ndini ndauya naShamiso mangwanani ano. Zvino muri kutyei zvamave kunditiza?"

Gadhi akange ari pamberi akanodzura hoko yaive mukati memaruva ndokudzoka zvino achiizeesa mudenga achishinyira sechiva. Aivavarira kundizvambura mumusoro. Handina kumutya. Ko, ndaigomutya nemhaka yei ini ndakange ndisina mhosva yandakange ndapara? Ndini uyo tote, kumira zvangu mberi kwake semuvhimi asangana neshumba musango.

"Ndinonzi Simba. Ndini ndauya naShamiso mangwanani ano. Ko, chii chamunotya?"

"Bhanditi, waunoda kunyengedza pano ndiani? Zvamakasvika pano nezuro iwe nevamwe vako makatirwisa mukasiya makuvadza Silas. Matombo egoridhe arikupi amakatora? Bhanditi, takuziva! Wakange wakapfeka hembe yako iyoyo yechikwata chenhabvu cheDynamos nhamba 9."

Handina kuzopiwa mukana wekuzvidzivirira. Hawo, manyama amire nerongo. Chirega uone kunaya kwakange kwoita shamhu yemuti wakaoma. Hoko yakati zvambu padumbu, kumusana, paruoko, musoro... papi pacho paisina kusvika shamu yemukuru uyu! Ropa rakabuda rikaerera mumusoro. Ndakarwadziwa zvekuti ndakange ndave kuvhika hoko neruoko kusvika yatyoka.

"Ndofa zvangu ini muera Shiri! Marunga wekuMandave. Kufa here nechekutsvara, baba vangu Shiri!"

Shamhu yagadhi zvayakavhunika, haana kumira kundirova. Akaipotsera kwakadaro, ndokuuya zvino achimonya muromo wake senyoka. Akatanga nekusvipira mate muruoko rwake ndokukunga chibhakera achidzokera shure senyati inoda kutunga munhu. Asati azamura ruoko rwake, akarwuendesa mberi nekuchimbidzika achiti anosvikoridza iri mbama. Ndakati nzve-e, ndiye rimbinyu sambuyamugogoda vari mumunda. Akaridza tsamwa nekunzvengwa. ndokuruma muromo wezasi achingoshinyira senyoka.

Akandisikidza chibhakera ndokubva ndadyira sechidzoi chechirauro. Hezvo ndakabisa maoko aivhika kumeso nekuchimbidzika. Achiona ndadaro, gadhi akasekerera zvake ndokuregedzera chibhakera. Pandakati nditi nzve-e, zvekare, akati unonyeba. Ndakazonzwa chati dhe-e, pakati pemhuno nemuromo. Ndicho chibhakera chakapedza nyaya. Ndakatenderera serusero ndokukwidibirwa nerima ndati pasi umburu.

Kwakapera chinguva chakati rebei ndakati tasa, ndokuzoti bengenu pave paye. Ndakati bwai bwai wanei zuva rabuda. Ndakachiti tarisei, ndikaona hakuna chakadaro. Havasi vanhu ivavo vakange vaungana pagedhi. Pai, pakange pasina munhu! Vakange vandikomberana zvino senyoka. Vainditambidzana nezvibhakera sechikari chesikadhi. Vaimhanyira kumabasa avo vakati vawana mukana wekutora mavhidhiyo padzinhare dzavo pachena. Vaizotumirana mavhidhiyo nekuwana nyaya yekukurukura kumabasa avo. Vakange vachiti zvino ungaunga, pagedhi vachiona Bhanditi korokoza rainge ranetsa kushungurudza vanhu munyika.

Ndakange ndakarara nedumbu semupurwa. Vaiti anenge afunga kundirova neshamhu kumusana, zvaive kwaari kungozvambura akasununguka. Madzimai mazhinji aimhanyidzana nemigomo vachindidira mvura yakasviba yainhuhwa kuti kutu. Shangu dzakandikava sevaikava bhora rapera mweya kuti fototo. Ndakati ndimuke, ndokurigarwa dombo kumusana. Ropa rakabuda sepombi yazarurwa mvura. Ndakati gojodo pasi ndiye tasa zvekare.

Gadhi wekundirova nehoko akapfugama achidzivisa vanhu kuti vachirega kundirova zvekare. "Chiregai kumurova, zvakwana. Anotifira ari mumaoko edu zvikave zvimwe pano. Silas ati, anoda kutaura naye.

"Iwe Bhanditi, rega hako kukahadzika nezvaitika kwauri,a fira nyora haachemwi. Nhasi ndipo pakaperera sarungano. Midzimu yako yadambura mbereko." Akadaro gadhi ndokubva andisvipira mate kumeso. Ndakanzwa dzungu rehasha richiti kumeso tiba. Ndakati tsurundundu, ndakatarira kurutivi.

Chitsauko 6

Ndaifunga kuti zvimwe kwaingove kubetsera munhu chete kwandakaita, ndisingazive kuti kwaive kushambira mudziva rizere nengwena. Chokwadi, dai ndakaziva haitungamire. Dai ndisina kupindwa nepfungwa yekubetsera musikana uyu. Ko, ndakatadzei chaizvo kuti upenyu hwangu hurambe hwakati nangananga nezvikukutu kudai?

Wandinoti mubereki wangu ndiVaZivai vari kumba. Murume uyu idonhodzo, mvura yangu yemuchitubu. Pfimbi yemwoyo wangu, nyaradzo yangu. Zvino nyatwa yandatarisana nayo iyi ndichavazivisa sei? Ichandisvitsa kupi chaizvo? Ko, ivo vanoti munhu akaenda kupi kubva arova kudai? Dai ndawana mukana wekuti ndifonere mapurisa vandinunurewo. Zvino serefoni yangu handichisina vakanditorera zvavaindirova pagedhi. Pari zvino hakuna munhu wandichakwanisa kuzivisa nezvetsekwende yangu.

Zvave kureva kuti ndave musungwa muno mumba. Maoko akafaswa ngetani. Makumbo zvese nemuviri wangu zvakasungirirwa pachigaro zvakasimba kuti ndisapoya. Mumba muno mune rima rakati ngu ngu rinotyisa. Shangu vakandikurura, zvese nehembe yakandiparira chakati tende. Hezvo, hembe kubva yafanana neyemhondi inonzi Bhanditi. Hembe yekupfeka chokwadi kundisvitsa pakadai! Vakomanaka! Ko, sei vasiri kundipa mukana wekutsanangura zvakaitika?

Dai ndisina zvangu kubetsera Shamiso, ndakamurega akadaro vakapedzerana naJulias nechikwata chake. Ichokwadi kuti, mwoyochena unouraisa. Neniwo ndinachowo chinondidaro! Ndini ndakanzi ndibetsere munhu? Hezvo chandiwana zvino. Asika, kubetsera munhu chete chete ndiko kungandisvitsa pakadai? Chokwadi hakuna munhu angasiya munhukadzi ane ronda akati kushu mumugwagwa munguva dzeusiku uku akasungwa maoko. Ko, sei nyaya yangu iyi vasiri kuigamuchira? Ko, ave mazuva mangani ndiri muno mumba? Kuti chingava chikamu chezuva... Maviri... Matatu?

Handina kuzoenderera mberi ndichifunga. Kunze kwakange kwave kunaya mvura. Mheni yakati vai, bhanan'ana ndokutinhira zvine mutsindo. Mvura yakange yave kupurana zvayo panze ine chimvuramabwe. Ndakaedza kusimuka ndokukoniwa. Vakange vakandisungirira pachigaro zvine ungwaru. Chibepa chine namo chakange chakati namanama pamuromo. Vaisada kuti ndikwetsure mhere inodana vamwe vanhu vasina chokuita nenyaya iyi. Rima raive mumba umu ndiro rakaita kuti ndibatire ura mumaoko. Imba yandakange ndakatenherwa semombe wakange uri muzinda wamakonzo. Aimhanya-mhanya pese pese achitsvaga chikafu chekudya. Aivavarira kuruma zvigunwe mutsoka dzangu ndichimakava kwakadaro.

Kusaziva nguva chinhu chinonetsa mukurarama kwedu vanhu. Zvandakazvambaradzwa pagedhi ndakabva ndaenda kunyikadzimu chaiko. Mhandu dzangu dzakawana mukana wekuita zvadzaida pandiri ndakakomoka. Ndakazoti bengenu, pave paye ndokuona aikazve, ndiri mukati meimwe imba inenge jeri. Hinjini yaidhonza mvura mupuroti yainzwika zvayo ichibararadza panze. Zvichida, ndakange ndichiri papuroti panhamba 149, muna Maputi Drive. Ko, zvakange zvichazivikanwa naani! Masavara nedzimwe shiri dzainzwikwa kuimba dzichifarira mvura yakange yave kunaya.

"Savara, ishiri inofamba kunze kwakachena. Zvichireva kuti zuva rakange risati ranyura." Ndakadaro ndichisimudza musoro zvandakanzwa pagonhi pachibatwa-batwa.

Pane vanhu vakange vachikiinura gonhi. "Kuti vauya kuzondipedzisa?" Ndakazvibvunza hana yave kubika manhanga.

Gonhi rakati bherengende, kuzaruka. Chiedza chezuva ndokubva chandipofomadza kumeso pakarepo. Maziso akange ajairira kuve murima ndokuita seapindwa nejecha. Kamhepo kaifefetera kakapinda nepagonhi. Ndakaona varume vaviri vachipinda mumba. Mumwe wavo akauya pedyo neni ndokubisa chibepa chakange chakavhara muromo wangu.

"Bhanditi, Silas anoda kutaura newe."

"Varume, muri kurasika papi, chaizvo? Handisi Bhanditi ini wamunofungidzira." Ndakadaro ndichiita sendichaputika neshungu. "Munoziva here kuti mune mhosva huru kwazvo yamakapara yekundiita musungwa wenyu zviri kunze kwemurau? Zvino ini handizorori kusvika mamira pamberi pedare. Hezvo ndiri pano!"

"Bhanditi," akadaro mumwe murume akange akapfeka magirazi ezuva, "hausi wega wakangwara satsuro magen'a watinoverenga mubhuku. Usarambe zita rako remadunurirwa nekuti takakubata. Makauya kuswera zuro pano iwe nechikwata chako. Makatora matombo egoridhe ndokusiya makuvadza Silas nemabhemba. Iwe Bhanditi, wakaonekwa uchikunguzhura Silas mumabvi ake nebhemba rako inova mhosva huru kwazvo yawakapara.

Iko zvino pora, mwana wamai! Uti pfavava ipapo pachigaro paugere, nekuti ukaita zvekupaparika chokwadi unozvidemba. Tinozviziva kwazvo kuti nyika yese inokuzeza ikanzwa zita rako rekuti Bhanditi. Zvino rega tikuyambire, isu tajaira kuridza zingoma rakakakwa nedehwe rembada. Tinopedzerana!

Zuva nezuva nyaya yako inenge iri mumapepanhau uchiponda vanhu kumigodhi kuMazowe uko. Unobira vanhu mari dzavo uchibata vanhukadzi chibharo dzinova mhosva huru dzawakapara. Zvekunyengedza vanhu uchivavhara mari dzavo nemadhiri ekunyeba, ndiyo ngoma huru yaunorwarira. Zvino hapana chisingaperi mwana waamai! Aimbove madziva ava mazambuko."

"Kwete handizvo, muri kurasika vanhu imi. Handikutyei, mharapatsetse dzavanhu dzakati tende! Kana ndiri seni, nhaka munondiguta sedoro ravira. Zivai kuti handibvumi mhosva yandisina kupara. Regai ndinotaura naSilas wacho. Zvimwe ndiye chete munhu achandipawo nzeve."

Chitsauko 7

Takapinda mukati meimwe imba yakange iri huru kwazvo. Ndaizvuzvurudzwa sedanda nevarume vaviri vakange vakandibatirana pamabendekete sezvo ndaisakwanisa kutsika pasi ndichifamba ndega. Mutsoka makange makazvimba nekurohwa pagedhi. Munhuwi wemushonga wakabva wazara mumhuno mangu. Imba yatainge tapinda yainge yashandurwa kuve chipatara. Silas sezvo akange ari mhene, airapwa nachiremba wake ari pamba pake. Zvakamuitira nyore kudana chiremba aive mazvikokota munyaya dzekurapwa kwamaronda.

Ndinoona kuti Silas aisada kuti nyaya yake yekukuvadzwa kwaakaitwa naJulias nechikwata chake izivikanwe. Kuti arapwe kuchipatara chikuru chemuHarare, kwaitodiwa gwaro remapurisa raitsanangura zvakaitika kwaari izvo zvaizosungisa Julias. Kusungisa Julias nechikwata chake, zvainge zvakafanana nekutora matombo egoridhe uchinomakanda mudhamu rizere nemvura. Ndinoona kuti Sailas aisada kuzvinzwa zvekurasikirwa nehupfumi hwake.

Varume vaviri vakange vakandibatirana vakanditsveta pasi sedanda rakamuny'wa nemujuru. Vakanoti zvavo tumbi, kumira kumadziro kwaive nemumwe murume ainwa doro. Maziso angu akamhanya-mhanya ndichitarisa zviso zvevanhu vaive mumba imomo. Zvichida makange mune munhu mumwe chete zvake wandakamboona kune imwe nzvimbo. Mumba makange mune vanhu vatanhatu. Zviso zvavo vose zvakandiitira zvitsva. Ichokwadi, panguva yematambudziko unotsvaga hama yako uchiishaiwa.

Maziso angu akaenda kumunhu akange arere pamubhedha ndokubva ndaziva kuti akange ari Silas.

Akanditarisa namaziso emunhu airwadziwa zvikuru namaronda aive mubhandeji raive kumeso kwake. Ndinoona kuti aive murume angaita makore makumi mana namashanu okuzvarwa.

Pasofa pakange pagere madzimai maviri. Zviso zvavo zvaive zvakati une une sevairwarawo zvekare. Mudzimai wekuchema pagedhi wandakati zvimwe aive amai vaShamiso, akange arimo akati kwindi, kumeso. Aipfikura kuchema uku achipukuta misodzi nekachira. Zvaakati bamhama kwandiri, akaridza tsamwa, ndokubva abatana maoko nemudzimai aainge agere naye pasofa vachinyaradzana.

"Nhasi zvaiwana ngwaraiti." Akadaro mumwe murume akareba setwiza. Akange akamiraaine bhodhoro redoro muruoko. "Ko, sei mapurisa aikoniwa kukubata Bhanditi? Zvino waigochera pautsi, mwana waamai. Nhasizvatibva, gudo riya ragara mboko."

"Hatidi zvedoro baba vaRiki." Akadaro mudzimai akange agere pedyo naamai vaShamiso. "Chiremba atipa maminitsi mashoma chete ekuti tikurukure nemurwere wedu. Zvino chigarai pasitinzwe kuti anoti chii iye Bhanditi wacho."

"Mukoma Silas, Bhanditi akakukuvadzai ava muno." Akadaro murume uya wekunwa doro. "Sekukurondedzerai kwandamboita paye, Bhanditi ndiye akatungamira chikwata chamakorokoza vakaita bongozozo pano pamba namabhemba. Vakarwisa magadhi enyu pagedhi. Vakapinda pamusha wenyu zvechisimba vakatora matombo enyu egoride pamwechete nemari yenyu yekunze kwenyika yakange iri mumotokari menyu.

"CCTV yakatora mifananidzo yezvakaitika pano vachikurwisai. Vachienda nemotokari yavo, Bhanditi uyu akabvuta ndarira yaShamiso yaakange akapfeka muhuro. Vakamutora zvechisimba zvaairwisana naBhanditi achida ndarira yake. Vakaenda naye uko kuna Goronga. Ikoko, Shamiso akavatiza, asi Bhanditi ndokumudzinganisa akasvika pagedhi achida kumubhinya.Magadhi epano vakazomurwisa pagedhi ipapo zvakaomarara kwazvo, kusvika vamukurira."

Zvaakapedza kupa nhoorondo yake, murume uya akabva agara zvake pasofa. Imika, nekuda kweshungu ndakafemera pamusoro sevhiri remotokari rabaiwa nemunzwa. Handina kuziva kuti chivindi changu chakanyuka chichibva nekupi. Ndakati kwarakwashu, ndokusimudza musoro senyoka yagurwa nebadza ndiye pu-u, kusvipira mate kumeso kwemurume uya achangobva mukutaura.

"Ko, sei kutaura zvausingazive! Iti mwiro! Haunyare, murume mukuru kundirevera nhema. Imi vanhu mese muri mumba muno," ndakadaro ndichicheuka-cheuka, ndichitarisa zviso zvevanhu vakange vari mumba, "hamuone here kuti handina mhaka yandakapara?"

"Munodirei kupedza nguva muchitsvaka muporofita, muroyi muchimuziva? Sei kubvunza kuti inda dzabvepi, imi muchirara nemunhu asingageze. Ndini here Bhanditi? Torai henyu, nguva munyatsocherechedza chiso changu. Aikazve! Mukaona zvandakaita izvi moti imi maona Bhanditi! Ndizvo here?

"Ko, sei musiri kundipa mukana wekutsanangura zvakaitika? Zvino chiendererai henyu mberi muchironga twumatare twenyu twusina musoro, asi hapana zvamunondiita ini. Makororo kana mhondi chaidzo dzinogadzwa wani dare kumatare atinoziva vanhu vose vachizvionera nekuzvinzwira kuti dzakapara mhaka. Kwete zvenyu izvi, zvetwumatare twanamhembwe twemhuka dzemusango!"

"Bhanditi ndinokuuraya! Une chokwadi kutaura zvaunoda pamberi paSilas uchindisvipira mate kumeso?" Akadaro murume uya achiviruka nehasha. Akasimuka pachigaro achipukuta kumeso kwake achivavarira kundikava shangu kumeso. Vamwe vake vakazomudzivisa.

"Baba vaRiki maguta doro imi. Ndataura kare kuti nyaya iyi haidi doro." Akadaro mudzimai akange agere pasofa naamai vaShamiso. "Ipai vamwe mukana vataurewo zvavanofunga."

"Iwe muchinda, dzikama." Ndakatarira kwakange kwabva inzwi ndokuona Silas akati ziso kape, kwandiri. Akamonya muromo wezasi achivira neshungu. Meso ake akange azere neuturu hwemhungu. Kamunwe kaidedera, kaitamba-tamba kakandinongedzera.

"Iwe muchinda, unonyununyw'a norugare senda inoruma akaitakura muhembe. Kana yotswanywa neminwe yoti hezvo upenyu hwandiramba! Rega ndikuyambire usati waenderera semoto unopfuta musora. Unoziva here kuti upenyu hwako hwatove mumaoko angu? Usarambe kununa iwe wakasasikwa. Makasiya mandiremadza pano iwe nevamwe vako. Zvino kana ndisati ndatsiva usati ndakapusa.

"Makatora matombo angu egoridhe pamwechete nemari yangu yekunze kwenyika yakange iri mumotokari. Mwanasikana wangu makamupamba, mukaita zvamunoda naye. Makamutorera ndarira yake inodhura kwazvo. Ndikanzwa kuti makamubhinya, chokwadi namai vangu ambuya vaEgy, panofa munhu pano. Usandiparadzire nguva. Ndinoda kuziva kana uchipikisa mhosva dzose dzandareva."

Handina kupa mhindiro panguva iyoyo. Ndakaramba ndakamuti nde-e, kumeso. Pfungwa dzangu dzaive chahwiriri, mundangariro dzangu. *"...upenyu hwako hwatove mumaoko angu?" Airevei chaizvo mukuru uyu namashoko ake iwaya? NdiMwari wangu here?*

Ndakatanga kutaura nenzwi rakanyorovera. "Ndisati ndapa mhinduro pamubvunzo wenyu, chibaba ndinoona seku..."

"Iwe! Waunoti chibaba pano ndiani?" Akadaro Silas achiviruka nehasha ndisati ndapedza kutaura. "Ndinzwirei kuvirima kunoita muchinda uyu? Anonditi, chibaba ini Silas! Hauna kurairwa haikona! Une hunhu hwakasunama iwe muchinda usingaremekedze vanhu vakuru. Uri kututsira mhosva dzako gumi pazana uchida kushamisira pano. Zvino ukanditsvaga unondiwana."

"Ndinoti ruregerero. Kungoti hazvo uyu ndiwo mutauro waveko mazuvano. Kuti chibaba hakusi kutuka."

"Hapana zvaunondidzidzisa iwe! Ndikunzwe zvekare uchinditi chibaba! Pindura zvandakubvunza, usandiparadzira nguva. Iti hongu kana kuti kwete, pamhosva dzako dzandareva."

"Ndinoda kutanga ndichiti, ruregerero nekukuzvidzai kwandaita. Chechipiri ndinoda kukuzivisai kuti ndinonzi Simba, kwete Bhanditi. Ndini ndakauya nemukunda wenyu pano papuroti mushure mekunge ndamuwana akakomoka mumugwagwa muna Goronga. Zvino..."

"Iwe Bhanditi, waunoda kurevera nhema pano ndiani? Kana uchindiona ndakadai unoti ndakapusa ini?" Akadaro Silas akafutisa kumeso sedzetse ndokuenderera achiti, "iwe Baba vaRiki kasika, ndisvitse runhare rwangu nditaure naJulias shefu wake tipedzerane pano. Handichadi kuera nyoka negavi iyo iripo. Ndiri kuona kuti muchinda uyu haana kukwana. Haandizive kwazvo."

Baba vaRiki vakasvitswa serefoni ndokubva abaya nhamba dzaaiziva nemusoro. Akaisa runhare panzeve dzake ndokuteerera rwuchirira. "*Hello!* NdiJulias here wandiri kutaura naye? Ko, aenda kupi? Wati ndiZato ari kutaura? Ndini Silas kuno, ndinoda kutaura naJulias shefu wako kwete iwe Zato, kanyama kasina muto. Unorevei iwe muchinda kana uchindiudza zvisina maturo?

"Chimbobata runhare rwako, wakadaro." NdiSilas akataura akatarisa kwakange kugere madzimai uku akavhara runhare neruoko. "E-e, vanamai, ndinokukumbirai chose kuti mutipewo nguva isu vanababa. Ndinoona kuti nyaya dzave kutaurwa muno dzakora muto zvino. Dzave kuda isu makorokoza tajaira mutauro wedu kana tiri kumakomba." Apa madzimai haana kupikisa, akasimuka pakarepo vachimonera mazambiya avo.

Amai vaShamiso vakanditarira neziso rakabuda ndokubva vamonya muromo vachiti, "Mwana wangu akawana chinomuwana, tinopedzerana chete!"

"Iwe Zato!" Akadaro Silas achitaura paserefoni zvekare. "Zvawaramba kundiudza kuna Julias hapana chakaipa. Asika, kana achinge adzoka kwaaenda, ndinoda kuti umuzivise kuti muzinda wake waparara. Jinda rake guru Bhanditi raaivimba naro takaribata kuswera zuro. Ndichitaura kudai, ratove mumaoko angu.

"Mapurisa vakamboedza nepavanogona napo kuti vamubate, vakamukoniwa. Asi isu neuchenjeri hwedu takamubata nyorenyore. Hatina dzungu saJulias shefu wako anomhanyira kumapurisa kunosungisa munhu asati at10aurirana naye. Vanhu ngatidzidzei kutanga tawirirana tisati tatora matanho makuru. Nguva zhinji, tisaremedza mapurisa edu mutoro nenyaya dzatinogona kugadzirisa pachedu.

"Chandinoda kunyanya, ndechekuti Julias andidzosere matombo angu egoridhe pamwechete nemari yaakatora. Kana achinge adaro, Bhanditi tichamudzosera mumaoko ake zvakanaka. Pasina izvozvo, Bhanditi tichamudyisa vhunze rine moto. Achadura mhosva dzamakapara mose kumigodhi yekuMazowe,   kuJumbo,   Masasa,   Marondera, nekuMabhanana."

"Maiponda vanhu muchishandisa mabhemba; maiba mari dzavo muchishandisa pfuti; maibata vanhukadzi chibharo, nedzimwe mhosva dzakawanda dzamakapara. Zvino kana uchiti ndizere manyuchi mumukanwa mangu, ndinoda kuti uteerere paserefoni yako zvakanaka ugonzwa mumwe wenyu achibowa kuno semombe yavhunika gumbo." Akadaro Silas, ndokutsveta serefoni yake parutivi.

Gadhi aive mumba umu akauya pedyo neni achizhinya kumeso kwake semhuka yemusango. Aikazve! Muruoko rwake rwerudyi akange akabata chiwepu chaive netsarapu mbiri serurimi rwenyoka. Akasimudza chiwepu ichocho mudenga ndokubva charira semheni chichicheka kumusana kwangu.

"Zvakwana!" Akadaro Silas nezwi raive pamusoro uku akasimudza ruoko rwake mudenga. "Ya-a, zvanhasi zvakwana vakomana. Ndinoona sekuti Zato amunzwa paserefoni yake achiridza mhere. Achanozivisa Julias kuti, handisekerere mimba yembwa seinokamwa mukaka. Chiendai naye munomuchengetedza. Asika, ndinoda kuti mumubate zvakanaka kupinda pakutanga. Handiti mave kuziva kuti pana Bhanditi uyu ndipo pane upfumi hwangu hwakatorwa naJulias?"

"Hongu, shefu." Akadavira magadhi, pamwechete nemachinda maviri akange auya neni mumba maive naSailas.

"Mupei chekudya nepekurara pakanaka. Tarisai muone, ave kuziya nenzara. Mumugeze maronda ake. Chiremba achauya ikoko kunomurapa."

"Hongu shefu." Vose vakadavira zvekare.

Varume vaviri vakaenda neni mumba muya mandainge ndakatenherwa semombe. Vakasiya vandikiiramo zvekare, asi havana kundisunga maoko kana kundisungirira pachigaro sekurairwa kwavainge vaitwa naSilas. Ndakati gojodo, pasi ndokuura ndichingobidirika semunhu ane marwarausiku. Ndakasvimha misodzi kwenguva yakareba. Chiwepu chagadhi chakange chandicheka-cheka kumusana kwangu ndokundisiya ndichitaridzika semunhu akange amarwa nembada. Ropa rakange rave kuerera richienda pasi pandainge ndakazvambarara semwana ari mudumbu maamai. Tarisiro yekusunungurwa naSilas iye asati adzoserwa upfumi hwake naJulias yakabuda mundangariro mangu. Upenyu hwangu hwakange hwasvika zvino paye pekuti kuzvipfuudza ndiko chete kwaigona kupedza dambudziko iroro. Asika, ndikadaro chete, nyaya yangu inobva yasvikawo kumagumo nekuti ndinenge ndaenda kwamupfiganebwe.

Kwakapera nguva huru ndakati puruzuzu. Pfungwa yekuzvisungirira ndokuuya zvekare mumusoro mangu. Silas aizonyara chete zvaachanzwa kuti ndazviuraya. Ndaiedza kurasira kure pfungwa iyoyo, yekupfuudza upenyu, asi yakaramba ichidzoka mundanhgariro dzangu. Pfungwa yekunyadzisa Silas nekuzviuraya ndiyo chete yakange yavepo, asi yainditambudza zvikuru mukati-kati memwoyo wangu.

Handina kuona gonhi richizarurwa. Pane varume vaviri vakangevakapinda mumba. Kaive kekutanga kuona vanhu ivavo. Vakange vakapfeka masutu matema akafanana. Hezvo! Vose vakange vakati kwati magirazi matema akafanana zvekare. Uchivaona kudaro vakati apo tumbi kumira, waiti zvimwe mapatya. Vakange vakaenzana mhumhu semabhanzi ari muhovheni, uku zvipfeko zvavo zvakafanana zvekare.

Murume akange ari pamberi akange akatakura mugomo waive nemvura. Aive mumashure make akange aine magumbeze nehembe yemaoko marefu. Vakandigeza maronda akange akazara muviri wangu vanyerere. Vakandipfekedza hembe. Vapedza vakati zvavo dzu kumira pamberi pangu vakanditarira.

Murume ainge apinda mumba aine magumbeze akabva ati. "Chikafu chako chiri munzira. Kana uchinge wapedza kudya, chiremba achauya kuzokurapa. Isu tapedza pedu, asi tichadzoka zvedu manheru nedoro tigonwa pamwechete tichitandara. Ko, zvakaipei kuti tizivane?"

Handina kumudavira. Ndaifemera pamusoro napamusana pekutsamwa. Chipfuva chaiita sechichaputika nekuda kwebundu rehasha rakange ramera pahuro pangu. Hongu doro ndairida kurinwa zuva iroro ndichiitira kudzinga pfungwa dzaindinetsa mumusoro. Asika, murume uyu ndakamushaira mazwi ekumudavira. Mabatirwo aandainge ndichiitwa panyaya yekubetsera kwandainge ndaita mukunda waSilas aindwitsamwisa zvikuru. Ndakanongedzera kwaive negoni ndinyerere kuti vaende zvavo murunyararo.

Silas aizviona semunhu akange akangwara kwazvo. Zvaive pachena kuti akange atuma vasori ava kuti vagotandara neni vachindifeya uye kuti ndipandukire Julias.

Aitsvaga humwe humbowo hwakavandika hwekuroverera Julias kumapurisa kana achinge aramba kuita zvaaida.

Chii chaizotika kwandiri kana Julias aramba kudzosera upfumi hwake? Mubvunzo uyu wakange wave kunditambudza zvikuru. Zvino Silas waida kundishandisa segonye rinobairirwa pachirauro kuti iye azvibatire hove dzake. Ini, kunyangwe zvazvo ndaive Simba, asi ndiri Bhanditi wavaifungidzira, mumagumo acho vaizondiponda chete kana Silas achinge arasiswa naJulias.

Kwakapera nguva yakati rebei ndichitarisira chikafu chakange chataurwa kuti chaive munzira. Nzara yakange yadingindira zvino. Ndakange ndisichayeuki musi wandakange ndadya sadza. Mwoyo wakange woti, dai ndawana chekudya ndadzora mwoyo. Nyoka dzemudumbu dzakange dzichirira napamusana penzara. Kuzoti pave paye, gadhi akazouya nekudya ndapera zvangu nenzara.

Imba yese yakazara munhuwi wekudya kwamandorokwati. Imiwe-e, yakange iri nyama yehuku neyemombe yakange yakakurungwa kunge yemuhotera chaimo. Nyama yemombe yaive yakanyura zvayo mumuto mutsvuku wainge wakati piriviri, kutsvuka semadomasi. Mupunga wainge wakati pamu pamu mundiro. Nyama yehuku yaive yakabairirwa tumiti yakazorwa mhiripiri yaivavirira zvepakatinepakati. Madomasi, hanyanisi nemagaka zvainge zvisina kubikwa zvakanzi kwati parutivi rwendiro yakange izere mupunga. Idzo mbatata dzainge dzakaumburudzwa musupu yakakora semukaka uzere ruomba.

Ndakadya chikafu ndokuchipedza chose. Pave paye ndakazoseredzera nechinwiwa chemazowe.

Chitsauko 8

Dai matambudziko epfungwa aipuwa mumwewo munhu, angu ndingadai ndakamakochonora muhuro mangu ndichinomati tsve-e, mumaoko emumwewo munhu. Hunhapwa hwangu hwainditemesa musoro. Silas aida kundiuraya nekuda kweupfumi hwake hwakatorwa naJulias. Munhu uyu, chokwadi aikara mari zvikuru zvekuti aisandiregera ndichienda zvangu iye asati adzoserwa matombo ake egoridhe pamwechete nemari yake yakabvutwa. Pfungwa dzangu dzakange dzave chahwiriri zvisina tsarukano.

Chiremba akazouya masikati. Waizviridzira kamuridzo kake achiita basa rake. Chiremba uyu wakandikatyamadza zvikuru. Hazvina kupinda maari zvekukurukura nemurwere wake. Ndakaona sekuti akange ane rimwe naSilas. Vanachiremba vandaiziva vaitaura nemurwere wavo vachimubvunzawo mibvunzo isingaperi. Asi uyu kwete, akandipedza! Haana kana kuita hany'a yekuda kuziva zita rangu kana kuda kuziva icho chakandipa maronda. Ko, angaita hany'a neni sei iye akange azviwanira dzamatsama remari?

Chiremba zvaakaenda, pfungwa dzangu dzakatanga kumhanya-mhanya zvekare mundangariro dzangu. Ndipo pandakati simu, ndichinoti we-e, bhande pamudhebhe wangu. Ndiye kochekere, muhuro sendinosunga mombe. Ndisingafunge zvakawanda, ndakati karakata, pachigaro ndiye, pfekedzere bhande riya papuranga raibata chengo chemba ndichinorisunga ipapo. Ndakarikakata ndichida kuona kana rainge rakati ndi, kusimba. Ndisati ndazviwisira pasi ndakati, regedzai ndichionekana nenyika yakange yandivavira semhiripiri. Ndakatarira kudenga maoko ari pamwechete ndichiita sendinonamata. Misodzi ndokubva yati, mokoto mokoto, ichierera isina anoipukuta pamatama.

Ndichitaurira mumwoyo ndakati, '*Chokwadi, pane chinondisundira nekumashure kuti ndizviuraye. Ko, sei ndafunga izvi zvekuzvipfuudza upenyu nekuda kwemumwewo munhu?*

Kwete! Handifanirwe kudaro. Ndinotsamwisa denga. Chiregai zvino ndichipfeka mwoyo weshumba ndirwise dambudziko randakatarisana naro. Iye zvino handifanirwe kuita sehuku iri pamazai ayo inoti bondokoto paari yakamavhumbamira kuti adziye agochochony'a. Zvino ini handisi huku, kwete! Uyezve handifunge sehuku. Iye zvino ndajamuka!

Zvekudhererwa ndchingoshungurudzwa mumwoyo nevamwe vanhu ndaneta nazvo. Ndashanduka iye zvino. Ndave kutora zita raBhanditi wacho kuti rive rangu. Handichisiri Simba wavasingazive. Izvi zvekuve Simba akapora anonzwisisa nguva dzose ndave kuzviramba. Chokwadi kuti ndibude munyatwa iyi, ndinofanira kurwisa mhandu dzangu saBhanditi kusvika ndazvisunungura ndega. Chauya chauya, chembere yekwaChivi yakabika mabwe ikanwa muto. Nhasi chaiye, ndinofanirwa kupoya

Chinhu chinozivikanwa kwazvo kuti kana munhu uri muhusungwa unoedza chose kuti upoye. Kana mhuka wani inoita zvimwe chetezvo! Gudo kana uchinge waribata padhibhura, warivharira muruzhowa rwakasosa nemiti yemupangara uchiti yakasimba, rinoedza kuti ripoye. Rinoswera richibata-bata richitsvaga kagwanza kekuti ribude riende. Kwete zvangu izvi zvekuve Simba akapora, anonzwisisa nguva dzose iye achipomerwa mhosva yaasina kupara. Ndazviramba nhasi. Ndajamuka!

Rega ndiratidze Silas zvakaita rimwe divi rangu. Aikazve! Kusiri kufa ndekupi?

Pane iyi nguva, misodzi yeshungu yaidziya seputugadzike, yakatanga zvekare kuerera mumatama semvura iri kuerera pahurungudo dzamabwe ari paruware. Segudo ratizwa nemamwe makudo, ndakazvirova pachipfuva nezvibhakera ndichiita sendinoridza ngoma. Mhere yangu iyi yakaita maungira mupuroti yaSailas zvekuti yakanzwikwa nevanhu vakawanda kwazvo.

Chitsauko 9

Hwindo remumba mandakange ndakavharirwa raive duku. Raive pamusoro zvekuti ndaisakwanisa kuti ndibude ndiende. Paive neketani yakange yakavhara pahwindo iroro. Mushure mekukikiritsana nechigubhu chaive mumba imomo chizere mushonga unouraya sora mumunda, ndakanochizendamisa kumadziro ndokukwira pamusoro pacho ndichinotarira kunze.

Kunze kwakange kwakanzi kwiba neano makore matema emvura, zvekuti yaizoturukazve munguva pfupi yaitevera. Kamupupuri kakamona mumunda ndokuendesa mashanga echibage mudenga. Kumabvazuva kwaive nevashandi vepapuroti vane chitsama vakange vari mumunda vachishinaira zvavo kutanha madomasi matsvuku avaiita mirwi mujinga memunda. Kumavirira kwaive netarakita yairima mumunda. Huruva yakange yakati zvayo tugu, mudenga. Mutyairi wetarakita ainge akatarira shure kwaive negejo raicheka miforo mirefu. Kuchamhembe kwaive neduhwino rakange rakati shutu, kuzara nemvura. Duhwino iroro rakange rakapoteredzwa nemiti yaive nemaruva emhando zhinji.

Inzwi remunhu aipfipfidza kuseka azere zvake nemufaro ndakarinzwa ndokucheuka kwaraibva. Ndakaona musikana wezera rechidiki. Ainge akapfeka hembe dzekudhigidha achifamba ari papuranga raive pamusoro peduhwino. Mwanasikana aizeza kukoromoka achiwira mumvura asati asvika kumucheto kwepuranga rakange rakati rabada mberi kwake.

Asvika kumucheto kwepuranga, akasimudza maoko ake mudenga ndokusvetuka-svetuka, semhembwe yaona munhu. Chiriporipotyo, puranga rakamuurutsa mudenga serekeni.   Chiitiko ichi chakandikatyamadza zvikuru ndokubata muromo ndichiona shura kumeso kwangu munhu zvaakashanduka kuve chitundumuseremusere chaienda kumwedzi.

Mwana wavanhu akaita zvidavado zvekudhigidha zvinokatyamadza zvikuru. Ari mudenga kudaro, akatenderera sevhiri remotokari musoro wakaiswa pakati pemakumbo. Ndakauchira maoko ndakanganwa zvenhamo yangu yekuve musungwa waSailas. Ave kuenda pasi akanoti rururu, ndiye twi-i, arurama zvino semutswi. Hezvo, akanosvikoti mumvura pfe-e, kubaya semuseve zvisina ruzha. Akaita chamunyurududu senyungururwi ndokuzoburitsa musoro wake ave kumhenderekedzo yeduhwino. Ndakaoma mate mukanwa ndokubata muromo zvekare pfungwa dzaendeswa kumakare angu. Kare ikoko ndichiri kuzvinzwa, ndaidhigidhawo neshamwari dzangu murwizir weMaguta. Zvinofadza sei kuve neduhwino pamusha risina zvikara zvinodya vanhu?

Achibuda mumvura, musikana uya aingoseka zvake achitaura nemumwe munhu wandaisaona zvakanaka nekuda kwemaruva akange akapoteredza duhwino. Asati, agara pasi akatora tauro raive pachigaro ndokupukuta kumesopamwechete nebvudzi. Akazogara pedyo nemusikana wandakazocherechedza kwechinguva.

Akange agere pachigaro chakati rebei, semubhedha akati zvake makumbo tasa. Bvudzi rake raive rino, refu rakasvibira zvaionekera nepandakange ndakamira. Kumeso kwake akange akapfeka magirazi ekudzivirira zuva. Ainwa chinwiwa chemazowe achiita zvekuchisveta nekatsanga kachena kaive mugirazi raive muruoko rwake.

"Shamiso!" Ndakashevedzera ndichibata-bata pahwindo. *Munhu agere apo ndiShamiso ndamuziva! Ndinoona sekuti akadzoka kuchipatara kwaakange aendeswa. Ndave neidi zvino kuti nyaya yangu yave kupera. Shamiso ndiye chete mununuri wangu achaita kuti ndisunungurwe mhosva yandinonenedzerwa, ndigoenda zvangu kumba. Achazivisa hama dzake kuti ndini mukomana akauya naye pano papuroti mushure mekunge ndamuwana akakomoka mumugwagwa.*

Achatsamwa zvikuru akaziva zvekurohwa kwandakaitwa nehama dzake. Achavaudza kuti ndini Simba kwete Bhanditi. Zvino ndichaita sei kuti ndionane naShamiso wacho? Kuti baba vake vachandipa mukana wekutaura naye? Kuti iye achiri kuyeuka munhu akamubetsera?

Mibvunzo yese iyi yakaita zvekunaya semvura yenhuruka. Pane kuti ndifare, ndakabva ndarukutika muviri sederere radzvurwa muduri. Mwoyo wakasuruvara zvakanyanya. Nyaya yaShamiso chokwadi yakange yandioresa mwoyo. Silas aive munhu ane mwoyo mukukutu kwazvo. Aida mari kupinda upenyu hwemunhu. Zvaive pachena kuti aisanditendera kuti ndthe taure nemukunda wake sezvo iye akange andizivisa kare zvaaitarisira kuna Julias. Chaive chokwadi kuti Silas, asina kuwana upfumi hwake, upenhyu hwangu hwaizopinda munjodzi huru kwazvo.

Pagonhi pakasvika vanhu ndokukinura vachipinda mumba. Vakange vari varume vaviri vemasutu matema ekufanana. Ndiwo machinda akange andishanyira mangwanani vachindigeza maronda. Vainge vandivimbisa kuti vaizodzoka vachizotandara neni tichinwa doro. Murume aive pamberi akange aine bhodhoro rimwe chete redoro muruoko rwake. Aimutevera shure kwake akange aine tireyi yaive nemagirazi matatu nejagi rakange rakati pamu pamu, matombo echando.

"Tadzoka! Ko, waswera sei?" Akadaro murume akange aine bhodhoro redoro achiwana nzvimbo yekugara pamusoro pechigubhu. Mumwe wake akagarawo parutivi rwechigubhu pakange pane mumwe wake. "Sekukuvimbisa kwataita paye, taona zvakakodzera kuti titandare zvedu tichinwa doro tiri pamwechete."

Ndisati ndawana mashoko ekuvagamuchira ndakati kunun'unu, kufunga. *Apa ndinofanirwa kuzvidzora chaizvo. Kuita zviya zvekubva kumusoro ndichisvika pasi muvhu chaimo. Zvangu zviya zvechandagwinyira shavi renharo, hakuna kwazvinondisvitsa.*

Mutambo uyu wave kuda zvekupfavira ngoma chaiko. Machinda aya atumwa naSilas. Zvino regai ndinzwe nyaya yavafambira. Kuti ndikunde dambudziko randakatarisana naro, chokwadi ndinofanirwa kuziva zviri kufungwa nemuvengi wangu. Zvangu zviya zvekuomesa musoro nguva dzose, hakuna zvakunondiyamura.

Ndichanwa doro navo kusvika payepekurohwa nacho chipanda chaMudzengerere! Ndasvika ipapo ndipo pandichatanga kuita zvangu zviya zvekubata vanhu pahuro. Mirai muone. Hezvo, machinda aya vaita sevanofembera. Vauya neriya doro rine chivharo chitsvuku chinoyambira vanhu zviri mukati mebhodhoro. Ihwisiki ine mufananidzo wechembere inofamba nemudonzvo mumugwagwa. Hwisiki iyoyo ndinoiziva kwazvo, inodhura zvekuti bhe. Uchingoti vhurei chivharo chete, mhino dzinopfonda-pfonda uchibatwa nedzungu rekudhakwa pakarepo usati wariti dzvutu. Rinodambura tsinga dzeurozvi, richikiya zvekuti shwe!

"A-a-a, svikai zvenyu makasun000ka, machinda."
Ndakadaro ndichivagamuchira. "Munondibvunza imi kuti
ndaswera sei muchiita chete zifadzawofa, ndizvoka!"

"Bhanditi shamwari usatifungira zvisizvo. Nhasi
izuva rako. Ukaita zvatinoda chete, tinokurega uchienda
mangwana. Asika, zvatinotarisira kwauri kufara
tiripamwechete tichitandara pasina mheremhere. Takanzwa
mbiri yako yekurova mukombe. Zvino nhasi, Silas akugona.
Ndiye aronga zvese izvi. Iwe chisunthis zvako nekuti
zvese izvi zvabva kumusoro ikoko. Hezvo, tauya naro
rechembere inofamba nemudonzvo mumugwagwa. Unoda
vanhu vakaita sei?"

"Ngatirovei chibhodhoro, vakomana!"

"Asika, Bhanditi tisati tanwa, rega tizivane
shamwari." Akadaro mumwe muchinda aidira doro
mumagirazi. "Uyu ndiTicha. Muchinda uyu haafariri
kupfeka magirazi ezuva akavhara maziso ake. Ufunge zvako,
zvinomuitira kwazvo kana magirazi ake akanzi pfe-e,
mubvudzi. Zvinoitawo here izvozvo shamwari?"

"Rega Ticha apfeke magirazi ake zvaanoda."
Ndakadaro ndichiseka zvangu.

"Ini ndinonzi Oscar, vamwe vanonditi Oskidi
vachibvira iya hwereshenga inoronga mumhanzi
weZimdhanzi zvinodakadza mwoyo. Uchindiona ndakadai,
hakuna anoti pwe-e, pakutamba mumhanzi weZimdhanzi.
Ose mazita angu, ndinodaira. Zvino ngatirovei chapomba
takasuntoo zvedu."

"Zvinofadza." Ndakadaro ndichigamuchira girazi
rakange rakati zvaro pamu pamu nedoro. "Pamauya
pekutanga paye, handina kuzvibvuma kuti muri kurevesa
kuti muchadzoka."

"Tadzoka! Tanga tichirevesa paye. Iwe chirega kuvhunduka zvako kana uinesu kudai. Hapana anokubata-bata. Asika, tinofanirwa kunzwisisana pazvinhu zvatinoda kuti uite. Kutsva kwendebvu varume tinodzimurana." Akadaro Oscar achisvitsa mumwe wake girazi rine doro. "Isu vanhurume, hatifanirwe kuita karonda kasingapore vamwe takatarisa. Itawo kuti vamwe vakutumburewo zvifambe. Ndizvoka Bhanditi?"

"Ndingati chii zvangu, ini vamhembwe? Inga ndiripo wani pamusangano wekuchera tsime!"

"Bhanditi, chekutanga tinoda kuti, uzivise Julias shefu wako kuti wave kudivi raSailas. Chechipiri tinoda kuti Julias adzosere matombo egoridhe aakatora pano mangwana makuseni. Akasadaro chete, zvinhu zvichamuipira."

"Handione sepane dambudziko panyaya yenyu." Ndakadaro ndichiti dzvutudzvutu, doro. "Asika, ndokunge Julias wacho abvuma kutaura neni. Chionai varume, Julias aramba kutaura naSaila smunhu washefu, kuzotiwo isu zvedu vanaBhanditi mbira yemugomo! Mbira ikatenge nani nekuti yakatumira muswe ikaigirwa mupfupi-pfupi."

"Zvino Julias kana achinge aramba kutaura newe tichaedza zvimwe. Tichashandisa nhamba dzedu dzemuchivande ugomuzivisa zvese zvatareva." Akadaro Oscar akatarisa mumwe wake.

"Ndinoshuvira kwazvo kuti dai Julias ari munhu anonzwisisa adzosera Sailas hupfumi hwake hwaakatora. Ndave kuona zvino kuti ndakashandiswa zvikuru. Kungoti hazvo, hapana asingade mari pasi pano. Zvamunoona kudai, tose tiri nhapwa nekuda kwemari. Asika, ndine mubvunzo mumwe chete wagara uchingondibata-bata muhana mangu."

"Bvunza hako wakasununguka, shamwari." Akadaro Ticha. "Hatisi mudare pano. Sununguka zvako udonongore twese twaunoda kuziva. Hatidi zvekukudzvanyirira."

"Munozvionawo here zvandinoona?"

"Zvaunoona?" Akabvunzawo Ticha, achishamisika nemubvunzo wangu.

"Ehe-e, zvekuti Sailas naJulias pachavo, vanozivana?"

"A-a-a, ukurevei apa Bhanditi?" Akabvunza zvekare Ticha achiratidza kushamisika nemashoko angu. "Usatisiye tine mibvunzo yakawanda. Nyatsoti bvo-o, nyaya yako. Utumbure dede neura hwaro."

"Ndiri kuona sekuti vaviri ava vanozivana munyaya dzavo dzekuchera goridhe kuMazowe ikoko. Imbinga vanhu ivava nekuti vane mari dzavo. Kazhinji miti inokura pamwechete haikoni kukwizana. Inokwesherana pano neapo kunyanya kukavhuvhuta mhepo. Ukataura zvechikorokoza kuMazowe ikoko usina kutaura zita raSailas kana kuti Julias, hapana zvaunenge wataura. Kunyeba here vakomana?"

"Ichokwadi ichocho, Julias naSailas imbinga dziri kuzviwanira mari zhinji kuJumbo," akadaro Ticha.

"Chionai zvino minwe yangumitatu iyi." Ndakadaro ndakasimudza minwe mudenga. Ivo ndokubva vati maziso kape, kuminwe yaive mudenga.

"Aka kamunwe kekurudyi ndiJulias, kuzoti aka kari kuruboshwe ndiSailas. Varume ava vari kurwira upfumi hwavo hunova kamunwe kari pakati. Uyu Julias nekusvinukisa kwake ndiye akaenda neupfumi hwese. Vashe vangu imi, VaSailas takabatiswa pasi, tadya manonoko. Nekuti pachikorokoza tinoti, atsunzunya rega atsikwe.

"Zvino isu vanaBhanditi tine ropa rakawira paruware ndokunhanzwa nembwa. Museve zvawakanzi zete, naJulias wakananga kunobaya Silas, wakanoti tinini, pachipfuva changu ndini uyo pasi ngundya. Ndakabatanidzirwa muhondo yevaviri vari kurwira upfumi hwavo."

"Ndiani akatanga hondo iyoyo, kana asiri Julias? Julias akakanya zvikuru zvaakatora matombo egoridhe asiri ake achiti zvinogumepi?" Akabvunza Oscar, ndokuenderera mberi achiti, "hamheno kuti mumwe wangu uyu anozvionawo sei."

"Shamwari Bhanditi," akadaro Ticha, "Julias akakushandisa ukakuvadza Sailas. Zvino Sailas akazvifunga zvekukusungisa, haubudi mujeri. Chitarira uone zvazvinoita. Munhu iyeye wawakakuvadza akakubata. Iye zvino wave mumaoko ake. Chitopora izvezvi. Anosarudza kuita zvaanoda newe. Itotenda midzimu yako yakasimba, ichinewe. A-a-a, nhaiwe-e Bhanditi, uchiri mupenyu kusvika pari zvino? Tenda Silas mwana wa'mai.

"Apa hatidi kunyeperana shamwari. Dai midzimu yako iri zinyekenyeke, tingadai tave kutaura zvimwe pano. Waita rombo rakanaka kwazvo nekuti nyakanyaka iyi yaitika Silas akura. Ndichitaura idi, upenyu hwaSilas huri munjodzi napamusana pako. Kungotiwo hazvo zvekutsiva hazvisi mupfungwa dzake. Chaanoda chete chikuru kunyanya, hupfumi hwake. Zvino Julias tichamudzikamisa rwendo rwuno nehondo yekumigodhi yaakasvitsa pano pamusha. Mirai muone!"

"Varume, ini handipokane nemi pane zvese zvamataura. Julias akakonzeresa nyonganyonga pano.Sekuziva kwenyu, ini ndaingove mushandi wake chete. Akati ita ichi, ndaichiita sekuda kwake. Zvino chinondishamisa apa ndechekuti ko, sei iye Sailas asiri kudana mapurisa adzoserwe zvinhu zvake zvakabiwa?"

"Iwe Bhanditi, usaita seusingazive hunhu hwemakorokoza? Ndekupi kwawakambonzwa korokoza rinosungisa rimwe korokoza?" Akabvunza Oscar zvekare.

Ndakamboti zi-i, zvangu ndichimbozeya kwakange kwave kuenda nyaya. Ndaizviziva kuti ndikangorasika chete panyaya yaikurukurwa, nyaya yacho yaibva yashanduka. Pachikorokoza, hondo zhinji dzaiitika kumakomba dzaiperera kumigodhi ikoko pasina anosungisa mumwe.

Vaitorerana makomba anenge achiburitsa mari yakawanda uyezve vachibirana matombo acho ane mari sezvakaitwa Silas. Hapana mukorokoza aidana mapurisa kuti aferefete nyaya yekubiwa kwematombo. Vaipedzerana pachavo mumasango imomo. Kwaiitika hondo vanhu vakawanda vachirasikirwa neupenyu. Mapurisa aizopindira mushure mekunge vanzwa nezvekupondana kwavanhu. Iwo makorokoza anenge apera kuita murakatira kufa. Zvinonzi migodhi mizhinji, izere mitumbi yavanhu ichigere kubudiswamo.

"Mufunge zvenyu, Julias haana hany'a neni. Nhasi izuva rechitatu ndichingoyaura muno mujeri ndiri ndega. Handisati ndanzwa shoko rinobva kwaari. Akanganwa zvino kuti upfumi hwake hwakabva mumaoko angu ndichimuitira zvese zvaaida. Tarisai muone, ndazosungwa nekuda kwake, asi iye ave kuita seasingandizive."

"A-a-a, ndiko kushandiswa kwawamboreva paye. Vanhu vakaita saJulias, vane hunhu hunosvota." Akadaro Oscar achitarira girazi rake rakange rapera doro. "Iwewe, hauna chauinacho ipapo, asi iye achingoshadagura mari dzake ari ega."

"Ndizvo chaizvo, apa ukurevesa shamwari. Isu vanaBhanditi taibhozhongora vanhu tichivatorera mari dzavo tichinopa Julias. Taifira mafufu segonzo munhu achiti ndiri kuchengeta imwe mari yenyu parutivi. Aitiudza kuti, mari ikakuwandirai panguva imwechete munoita dzungu rinozokusungisai nemapurisa. Zvino nhasi ndiripi? Munhu haana chakanaka, vakomana! Asika, Ini saBhanditi, munhu akandifinhura atondibuda zvachose. Handichadi kujaidza makudo neanokamhina. Ndinoti pasi naJulias!"

Zvavakanzwa mashoko ekupandukira Julias, Ticha naOscar vakasvetuka nemba vachindibhabhadzira pamapfudzi vazere nemufaro. Vakomana vakavhunika mbabvu nesetswa. Vakabva vanongedzera pakapeti nekamunwe ndokubvumirawo vachiti. "Pasi naye!"

"Ya-a, ukadaro chete Bhanditi," akadaro Ticha ari pakati pesetswa, "unoswera wabuda muno mangwana chaiye!"

"Vakomana, zvandataura ndizvozvo. Handidzokorere marutsi sembwa. Ndini wacho Bhanditi. Zvamunoona ndakadai, ndakabva kure ini!"

"Bhanditi imbotiudza zvawakaita kumugodhi wekuMasasa kuMazowe, chii chaizvo chakaitika ikoko? Isu takazonzwa iri nyaya chete mumapepanhau. Nyaya yako yekuba goridhe ndinoti ndikaifunga kudai, ndinoramba kuti ndiwe here Bhanditi chaiye chaiye wandiri kutaura naye, uye ane hunhu hwatinoverenga mumapepanhau!

"Ndiri kuona sekuti iwewe Banditi wakapora chaizvo. Chiso chako ndakachitarisa kudai, ndechemunhu akadya mabhuku. Ndichitaura newe zvekare, ndinoona sekuti njere dzako dzakapinza kwazvo. Uye zveuri munhu anotya Mwari, kana huku chaiyo handifunge kuti unoigura musoro. Ko, zvese izvi zvatinonzwa zvinobva kupi chaizvo?" Akadaro Oscar achidira doro mumagirazi matatu.

Ndakanyarara kwechinguva ndichifunga mashoko akange abva mukutaurwa naOscar. Ndichitaurira mumwoyo ndakati, "Funga zvawada Oscar pamusoro pangu. Nhaka, uchati wondiziva zvako!"

Zvisinei hazvo, nyaya yekuMasasa ndakange ndaiverengawo mubepanhau reThe Times, mumwedzi uchangopfuura. Nyaya iyoyo yaizivikanwa nevanhu vakawanda. Bhanditi nechikwata chake vakaba goridhe raiendeswa kwarainotengeswa muguta reHarare. Zvinonzi Bhanditi ainge asungirira magadhi matatu pamuti, ndokupaza gonhi remotokari nedemo. Akatora goridhe raive mubhokisi ndiye pfocho, musango nechikwata chake. Hakuna ati abatwa namapurisa. Goridhe rose rakarova kuti nya'a.

"Ya-a, zvakaitika kuMasasa zvinondigumbura, ndikazvifunga kudai. Dai Julias akandipawo mugove wangu asika, imi mungadai musingataure neni pano."

"Ko, sei uchidaro?" akabvunza Ticha.

"Vakomana, mufunge zvenyu goridhe rese rakatorwa naJulias achiti anoenda naro kunoriviga. Fume mangwana acho munhu ave kuti, 'nda... nda... nda...'"

"Akabirwa here?" Vakabvunza Ticha naOscar pamwechete.

"Ehe, iye anoti goridhe rakatorwa rose kuti tsvai, nembavha zvaaienda naro kunoriviga mugomo riri pedyo nekwaanogara ikoko kuBhorodhero. Iye anoti akateverwa nemotokari yerudzi rweHonda Fiti yakanomuvharira mberi kwemugwagwa kuti asafambise motokari yake. Sekurondedzera kwake iye anoti, vanhu ivavo vakamunongedzera pfuti vakavhara huso hwavo namachira matema sezvigure kuti vasazivikanwa. Vakatora goridhe rose rakange rizere mubhokisi."

"Ko, makazvibvuma here zvaakataura?" akabvunza Oscar.

"Taigodii? Kuzvibvuma kana kuzviramba, hapana zvataigona kuita ipapa."

Chitsauko 11

Doro rehwisiki rinodhaka zvikuru. Mutsauko waro nedoro remasese ndewekuti hwisiki inochimbidza yapinda muropa. Kana ichinge yakukiya, unonzwa mukati metsinga mave kuti hwiriri hwiriri, richimhanya. Zvinotangira paye paunoti dzvutu, dama rimwe chete. Ndipo paunonzwa dzungu rekudhakwa richiuya kumeso zvishoma nezvishoma kusvika rakukwidibira. Dumbu hariti ngu, seunonwa masese. Hwisiki inokututa zvinyoronyoro, ichiita zvekukunyangira seshato inobata mhuka yakavarairwa namavara ayo. Kazhinji ukaita zvizuva usati warinwa, rinochimbidza kukudhaka. Ukariwanza, maiwe-e, unozvidemba rakupandukira. Mbariro dzeurozvi dzinoti dambu, uchigotanga zvino kuita masaramusi pamberi pevamwe vako. Ukazorinwa uchiti ukanganwe nhamo, iro pachezvaro rinouya nedzimwe nhamo dzinokunda dziya munhu dzaanoti ambokanganwa. Zvichida kutotutsira dzimwe nhamo pamusoro.

Zvataikurukura nyaya tichinwa doro rechembere inofamba nemudonzvo mumugwagwa nemachinda akange atumwa naSilas kuzotandara neni, ndakange ndave kudhakwa zvino. Dzungu rakange rave kundikwidibira kumeso. Ndakarinzwa richikwidza zvishomha nezvishoma richikura sechuru chamajuru. Ndaingoti dai ndabudirira kupoya pasina dambudziko randinosangana naro. Vamwe vangu vakange vakiiwa nechekare. Uyu Oscar akange osekaseka sedzisimo. Iwo maziso akange atsvukuruka zvino kuita semunhu adya chiviroviro. Aingoputika-putika, kuseka nya'mbo nedzisingasekese achiita seane dzakatenderera.

Vakomana vaiedza pavaigona kuzvidzikamisa vachivhara hapwa dzavo pamberi pangu, asi zvairamba sezvo ndaivatokonya-tokonya neny'ambo dzaivanakidza. Zvino masekero acho zvaibva zvaonekwa kuti vakange vakiiwa nehwisiki yechembere inofamba nemudonzvo. Ndedzipi nhaurwa dzisina kupinda mudariro pazuva iroro? Pakadai, ndichihuchera zvangu nemadzisahwira akange ane nzeve dzekunzwa nya'mbo, ndipo pandaibva ndaisa muswe wangu pasi kuti rapata, zenze tuku.

Takakurukura nyaya dzekupfimba vasikana, tikazvirega. "He-e, ndakazodiwa nechimwe chimoko chaigara pandairoja.... He-e, ndakazodhumaniswa misoro neimwe mhandara pamuchato, ndikapotsa ndazvisungirira...." Icho chirwere chedzihwamupengo chakange chashura mare, takachipenengura tikaziva nyika yachakatangira. Takaridza tsamwa tichiti vapambepfumi vaye vaida kutipedza kuti vatore upfumi hwedu. Chavakagona kuita apa vanaTicha naOscar kuvhara miromo yavo kubva vati mwi. Vakange vachiti zvino vhuruwata, vakateya nzeve kwandiri.

Maziso avo haana zvekare kubva pandiri.Vakange voita zvino sevashanyi vari kuVictoria Falls vaikatyamadzwa nechishamiso chemvura chavaiona ichiereraichinoti waya, pasi mugoronga. Yaisiya yanyora mutsi wambuya mudenga. Nzvimbo iyoyo yaisara yava nemhute yaitonhorera samare. Zvino Oscar naTich avakange vati zvino misoro yavo tsikitsiki, vagere zvavo naBhanditi aive neny'ambo dzainakidza zvikuru.

Kuzoti pave paye, Ticha akatarira nguva paserefoni yake ndokubva atarira mumwe wake. Nekudawo kuziva nguva, ndakati kwati, musoro parutivi pake ndichtarirawo nguva paserefoni yake. Aikazve! Nguva haimirire munhu. Dzakange dzati gedye, pana *8* manheru. Handina kuziva kuti nguva yakange yafamba. Ndakaona sekuti vakomana ava vaizoonekana neni ndisati ndapedzerana navo. Ndakange ndichisina nguva yekutambisa. Handina kuzogadzikana muhana mangu. Hana yakange yave kurova zvino nekuti ndakange ndave kuda kuita zvinhu zvangu. Hezvo, twangu twakange twandisvikira zvino.

Ndakatanga nekupinza mudariro nyaya yainditemesa musoro. Ndakavatarira vose kudaro ndakati. "Ko, akadii zvake Shamiso?" Ndakabvunza, ndokutsikitsira musoro pasi.

Pasati pawana akapindura, majaha akakahadzika nemubvunzo iwoyo, ndokubva vatarisana zvekare. Gare gare, Ticha akati we-e, mudzanga wake wefodya waive mukabhokisi kaive muhomwe dzebhatye rake. Akaupfekedzera kurutivi rwepamuromo ndokuutungidza negwenya. Akakweva utsi katatu ndokuhuburitsa nemumhuno uine ruvara rwedota. Vakomana imi, achiita seanoti piri-r-r-r, kuridza pembe, akahetsura akachidzwa ndokuburitsa umwe utsi napamuromo.

"A-a-a, Shamiso ave nani chaizvo! Akaburitswa muchipatara nezuro. Kungoti chete nyaya yendarira yawakamutorera ndiyo inomutambudza. Nguva zhinji anenge achingochema." Akadaro Ticha achibisa dota pamudzanga waairova-rova nekamunwe.

"Ko, wakazvifambisa sei nhai iwe Bhanditi?" Akabvunza Oscar, ndokubva ati. "Chokwadi mweya upi wakange wakugara, kurwisa munhukadzi zvakadaro? Ukaona zvawaiita pavhidhiyo yakabuda paCCTV, unozviramba iwe kuti ndiwe waidaro.

"Wakakatanura ndarira yake yaive muhuro, tikati zvimwe zvinoperera ipapo zvawakange waivavarira. Iye akati kunyeba ikoko ndarira yangu hakuna kwainoendwa nayo. Akati hachu, mudhebhe wako pabhande apa. Vakomana imi, makakikiritsana zvakaomarara kwazvo. Semunhukadzi, wakazomukunda simba ndokumuzvuzvurudza sedanda uchinomuisa mumotokari muchibva maenda naye zvechisimba. Zvino ndarira iyoyo ndeyenhaka. Dai wamudzosera zvipere."

"Handirambe mhosva yandakapara. Ndarira yake yakatorwa naJulias aona dombo rengoda raive pairi. Ndakadaro ndichiyeuka ndarirayaive muhomwe yehembe yaJulias."

Ndakazopedzisa kutaura mashoko iwayo ndati kwanyanu, kusimuka pachigaro ndine zibhodhoro rehwisiki mumaoko rakange richine doro. Ndakariti ndoke pamuromo ndokutarira mudenga tsinga dzemuhuro ndiye tare tare, semudzi wemuti. Ndakati tangarwi tangarwi, ndichinwa hwisiki iya ndiye gunduru, zibhodhoro ndisina kutura mafemu. Apa ndakanzwa parere mwoyo.

Asika, doro rehwisiki ukarinwa uchidaro, unenge waridenha. Rinovava mumuromo semushonga wemudumbu. Dzungu rakati tiba, kumeso kwangu. Hany'a naani. Zvese izvi zvakange zviri mumaziso evakomana vandainge ndaswera navo. Vakapererwa nemashoko ndiye maziso udyu, vakatarira manenji avaiona pamberi pavo.

Vakange vachiti zvino vhuruwata, sehuku yatorerwa vana vayo negondo. Vakasimuka pavakange vagere vachida kuenda kwaive negonhi. Zvekuenda kwavo hazvina kundinetsa muhana mangu. Hapana aizobudirira kubuda mumba imomo. Ndakange ndarongedza zvombo zvangu zvehondo mumaoko angu zvaiti mabhazuka, masabhu, mamorotera, maAK47 nezvimbambaira.

"Vakomana dzokerai zvenyu pamange makagara." Ndakadaro nenzwi rakadzikamira ndichinongedzera pachigubhu. "Anoda kuzviita gamba achida kundirwisa anofira mumaoko angu. Inga munozviziva wani kuti zita rekuti Bhanditi harisi rejee, kwete."

Majaha akambofunga kuti aive marambadoro chete, ndaingotaura zvangu ndisingarevesi. Asi, zvavakazoona bhodhoro redoro richinoti waya, kuputsika mberi kwavo, ndipo pavakazoziva chokwadi chekuti ndairevesa. Bhodhoro rakaita zvekuputika sezai rakaora. Vakomana vakavhunduka ndokukwakuka mudenga semaputi ari mugango. Vakaramba vakati tuzu, kanhama maziso ari pachimedu chebhodhoro chaive muruoko rwangu rwaidedera nehasha. Ndakange ndakachibata ndakagadzirira kuvarwisa. Aikazve, ndaiti, ndikaenda uko, ndodzokera nekoko, ndichiita semunhu aitenhera mombe dzairamba kupinda mudanga. Ndain'ara sengwe yaswera isina chayadya.

Chimedu chebhodhoro chaive muruoko chaive nengove mbiri dzaityisa kutarira. Ndicho chimed chaichochaicho chandaida pandaironga chimurenga changu. Chokwadi chakange chakazobuda nemubudiro wacho wandaitarisira. Vachiona kudaro, majaha akabva aoma mitezo pakarepo ndiye gojodo, kugara zvekare pachigubhu paye.

"Shamwari Bhanditi watifungira mwoyo usiri iwo. Inga taswera tichinwa doro zvakanaka-naka wani! Hatina mhosva yatakapara isu. Unoziva wani kuti mutumwa haana mbonje!" Akadaro Ticha achidetembera."Dai watiregedza taendazvedu."

"Muchienda kupi? Hamuendi! Mutambo uya washanduka zvino. Datya riye razodzipawo mutsipa unoda kurimedza. Zvino ndinoda kukuratidzai nzira kwayo. Ndini ndave panyanga zvamunoona kudai. Zvino mochiita zvandinenge ndareva. Anenge achida kundipikisa kana kundirwisa, ndinomuvhura chipfuva chake nechimedu chebhodhoro chandakabata."

Misodzi yakange yazara zvino kumeso kwaOscar. "Shamwari Bhanditi, dai watinzwira ngoni taenda zvedu. Zvaunoona kudai, ndichangobva mukuwana, uye mukadzi wangu ndewezera rechidiki uye akazvi..."

"Nyarara Oscar, uti mwiro! Handichadi zvekupweshukirwa. Aizve!" Ndakadaro ndichimugama asati apedza kutaura. Kamunwe kaidedera kainge kakamunongedzera pamuromo pake. "Handinei nemudzimai wako kuti ndewezera ripi uye kuti akazvitakura. Ndewako! Iwe Oscar, kumeso kwako kune karungano kekungwarisa. Kuvhunduka-vhunduka kwako ndekwei? Wakangwarisa iwe kupinda katsuro katinoverenga mubhuku. Zvawapinda muno ndazviona kare kuti maziso ako anomhanya-mhanya zvechigevha. Zvino kuti tichiwirirana pano wochiita zvandinenge ndataura.

"Iwe Ticha rara pasi nedumbu. Chimbidza kuita izvozvo." Ndakadaro ndakanongedzera pasi. Baba vangu imi, Ticha haana kupikisa zvandainge ndamuraira. Hazvina kutora nguva, munhu ati tasa, pasi sechinyamukohoho chiri paruware. "Zvino iwe Oscar, ndinoda kuti usimuke pachigubhu ipapo usunge mumwe wako makumbo nemaoko ake netambo dzeshangu dzako. Kasika!"

Baba vangu imi, Oscar haana kupikisa. Namaoko ake aibvunda, akabisa tambo dzeshangu dzake ndokusunga mumwe wake zvakasimba. Apedza kudaro akati zvake tote, kumira uku makumbo achingogwagwadza. Misodzi yakange ichisina anoipukuta. Mudhebhe wakanyorova.

"Ya-a-a, wasunga mumwe wako zvakasimba. Zvino ndinoda kuti usunungure tambo dzeshangu dzaTicha ugovata pasi nedumbu sezvakaita mumwe wako. Ndini ndichakusunga. Chimbidza, nguva haimiriri munhu."

Kuzoti vose vazvambarara pasi zvino samadzvinyu vakasungwa maoko namakumbo, ndakati kwavari, "Ndiani ane kiyi yepagonhi?"

"Ndinadzo." Akadavira Ticha achiedza kusimudza musoro wakange wave kumurwadza nekunditarira nedivi. "Dziri muhomwe yemudhebhe kurutivi rwekuruboshwe. Tora zvako uende Bhanditi."

"Vakomana!" Ndakadaro nezwi raive pamusoro kuti ndinzwike mashoko angu ekupedzisira kutaura uku ndichitora makiyi muhonwe dzaTicha. "Vakamboonana, havashayane. Ndinoda kuti muzivise hama dzenyu kuti, kukurukura hunge wapotswa. Musapindwa nepfungwa yekunditevera pandichabuda muno nekuti tinopedzerana panze ipapo pane rima. Ndinombonzi aniko ini? Chokwadi, mukanditevera chete ndinokukwamurai-kwamurai nembama zvamusati maitwa, nokuti mushonga webenzi kurirova. Zvehondo ndiko kudya kwangu!

"Asika, ndisati ndabuda muno, ndinoda kukubairai zanhi. Batai mashoko angu iwaya. Muri vechidiki imi, zvino rambai kushandiswa nembinga dzenyu idzodzo kuponda vanhu vasina mhaka nekuda kwemari. Hezvo, munoti imi zvinoitwa naSilas ndizvo! Anoti ndipike jere ini Bhanditi ndisina kumira pamberi pedare ratinoziva, ndizvo here? Hamuone kuti mbinga yenyu iyoyo igere pamutambarakede, asi imi muchidya nhoko dzezvironda, zvinoita here? Ko, sei muchifira mafufu segonzo nguva dzose? Munoponda vanhu vasina chavakakutadzirai muchinopuwa mari isingashandure mararamiro enyu, nemhaka yei? Maoko enyu mese azere neropa revanhu vamunoponda vasina chavakakutadzirai. Zvizivei nhasi kuti muchati muvhu rororo, nengozi

isingaendi kumbinga yenyu iyoyo, asi kwamuri. Ari-i-i!
Makapusa kwazvo imi! Batai mashoko angu iwaya!"

Ndapedza kudaro ndakati pagonhi nyengu. Ndini
uyo svaku, muchivanze chakange chakati ngu, nerima.

Chitsauko 12

Zvandakabuda mumba yandakange ndakatenherwa semombe ,ndakaita chahwiriri ndichicheka mhepo. Ungati kumhanya here ikoko kana kuti kwaive kubhururuka! Ndashanduka kuve shiri yedenga. Kuchikoro handifunge kana ndakambomhanya kusvika pakadai. Ko, kwaiendwa kwacho kwaizivikanwa naani? Nyaya yakange yave yekurovera bhora kumberi. Ndaivavarira kusvika pamudhuri wandaiziva kuti wainge wakapoteredza musha waSilas. Zvekuti waive murefu-refu usina ukwiriko hazvina kumbonditambudza muhana yangu. Chandaingoda chete apa kusvikapo ndigoronga mabudiro ndavepo.

Hana yangu yaiti, ndiende kure kwazvo nemba yandainge ndaitwa nhapwa kwemazuva matatu andisingafi ndakakanganwa muhupenyu. Sezvo ndainge ndaita zvekupoya, zvaive pachena kuti kubuda nepagedhi kwaive kupinda mumarimi emoto. Nzvimbo iyoyo yainge yakachengetedzwa zvikuru. Vainge vakandimirira kuti ndisvikepo. Handina kupata ini sedatya rinoti gojodo, pakati pemugwagwa unofamba motokari dzakawanda.

Magadhi ainge akandimirira kugedhi ikoko vaine zvombo zvavo zvinotyisa. Mumaziso angu, ndaivaonav akapakaitira zvombo zvehondo zvikuru kwazvo zvaigona kuturunura ndege yemuchadenga! Naizvozvo, ndaifanirwa kunyenyeredza nzvimbo iri pagedhi. Apa ndakanyumwa. Chokwadi nababa vangu mupenyu, kungoti vhu-u, kusvika pagedhi, pangu papera. Vanosekerera vobva vangonditi hachu, ndiye kanyama kanyama. Kwavari Bhanditi akange achisiri munhu, asi kuti nyoka zvayo yaifanirwa kurakashwa painoonekwa ichigurwa musoro ipapo ipapo.

Ko, ndaizobuda sei zvino papuroti paSilas pakange pakachengetedzwa zvakadaro? Hana yakange yave kuti bha bha bha kurova sechigayo chedhiziri charamba kumuka. Kupoya kwandainge ndaita, chokwadi ndiko kwaive kurunga munyu neshuga kunogarotaurwa. Kwaive kubvongonza mvura yemuchitubu yakange yave kugarana. Kuita zviya zvekupinda mutsime revanhu uchinokanyakanya mavhu imomo. Pamusoro pazvo, ndokuwetera mutsime ravo. Dai kwaive kuwetera chete, asi kukanda iyo pu, mumvura! Chokwadi apa ndakange ndagunzva nhundu yamago. Silas kana achinge anzwa nezvekupoya kwangu, ndinoona achivira nehasha, achiraira kumagadhi ake kuti pavanonditi bamhama, vasaita zvekutamba neni, asi kungonditi bho mumusoro sembudzi.

Ndairova pasi nedzaAdhamu ndiri mumunda uchangobva kurimwa ndichinoti tande, nemumafuro emombe. Ndini uyo toro nemumakandiwa. Tsoka dzairova pasi, ndichigumburwa nematombo ndichibaiwa namafeso, chaguduma nezvitomborashonhwe zvaive zvakateya minzwa yazvo muvhu. Ndaihakira tsoka mumavhinga akange akati katakata, mumunda. Ndairidibuka pasi pakange pazere nendove yemombe yaitsvedza sederere. Tsine nendove zvakati namanama pahembe, ndokuzara nemubvudzi mese. Ndakange ndave mhuka yesango. Ndaisimuka ndichisimudzira nerwendo rwangu. Ichokwadi, inochema ndeiri pamusungo, iri muriva inoti gore rawa.

Kufa kwemurume kubuda ura. Kubatwa zvekare ndichiendeswa mumaoko aSilas ndakazviramba. Zvaireva rufu kwandiri. Kunyangwe zvazvo kunze kwainge kwakati zvarara, kuine rima randaida zvikuru,ndaityira kungoti dhumadhuma, namagadhi akange aine misoro yakaomarara kupinda dombo. Magadhi epapuroti aive nemwoyo mukukutu satenzi wawo. Kana twawo twavasvikira twekurova munhu, vainge vanhu vakagarwa nengozi.

Ndizere mafemu kudaro ndakanosvikoti timbwa, pasi pemuti wakange wakapoteredzwa nemaruva ainhuvirira samare. Ndakange ndichitura mafemu uku ruoko rwuri pachipfuva chakange chichiita sechichatsemuka nekuda kwekuzarirwa. Ndakange ndangoti undundu, vashe vangu imi, ndakati kanhama semunhu arasika njere. Ndakazvituka ndikademba icho chakaita kuti ndinwe doro rakawandisa rechembere inofamba nemudonzvo mumugwagwa. Mutambo wekupoya wandainge ndashuvira zvikuru kuona uchitanga, wakange wasvika zvino panorema. Waisada zvese izvi zvekunwa hwisiki sendainwa maheu.

Ndakati tsivarara, mukati memaruva ndini uyo zi-i, zvangu. Nzeve dzakange dzakati kwangwa kumira sedzetsuro ndichityira kufutwa ndakavarairwa. Hinjini yaidhonza mvura yainzwika ichibararadza kumavirira. Kumabvazuva kwakadziva kumaodzanyemba kwaive nemwenje wakange wakati zvawo ngwe-e, kuchena semwedzi. Mwenje iwoyo waive kumadziro kwemba yainge yakakura samare. Miti nemaruva akawanda zvakange zvakapoteredza duhwino raioneka mvura ichivaima yakati shutu, kuzara.

Ndiri pakati pekuongorora mamiriro enzvimbo yandakange ndasvika, ndipo pandakanzwa chinhu chaiparapatika, mumugwagwa chichiita sechaimhanya. Ndakachinzwa zvekare chave kuti fuku fuku ndiye fefe fe, semweya waipinda mubhora. Chinhu ichocho chaibva nekwandakange ndichienda. Asi kuti chaive chigoritoto kana kuti chipoko, mweya wevakafa kare waifamba munzvimbo iyoyo? Hezvo, zvandichabvaraudzwa nezvehusiku!

Ndakati pindei, mukati-mukati, memaruva ndichinoti rimbindi, muvhu chaimo ndiye zi-i, zvangu. Gare

gare mwoyo wakaramba zvekare. Chokwadi kuuraiwa here nechausina kuona? Kana chiri chipoko, chiregai zvangu ndipedzerane nacho. Ndakazviramba ndokukoka chivindi ndichiti, chauya chauya, kusiri kufa ndekupi? Ndakachiti simudzei musoro zvishoma nezvishoma sembeva iri kubuda mumwena, ndiye cheu, ndikaona hapana chakanaka! Shura rekwaani iroro?

Veduwe-e! Dzaive imbwa mbiri dzine ruvara rwemutowenyemba. Dzainge dzasvika zvino kwakange kune chiedza chemwenje. Meso adzo aive matsvuku-tsvuku, sechidzvororo. Baba vangu imi Shiri, ndofa nechekutsvara! Vadzimu vakange vandifuratira. Misoro yembwa idzodzo yakange yakakura dziine huso sehwechembere. Dzaive nemateya, zvekuti ukadzikavira bhora, raidarika zvaro pakati pemakumbo adzo zvakanaka-naka pasina paraibondera. Matama adzo aizvezvera muvhu nekusimba. Miswe yaive zvimhini, zvaiti neku neku mudenga semagiya etarakita.

Zvikara zvakamboti mirei panzvimbo yaive nemwenje zvichifunidza-funidza mukati mebhini raivepo. Dzakahwengwezura zibhokisi rainge rakandonyerwa mukati mebhini ndokuriwisira pasi. Mapepa namagaba akabva ati warara, pasi. Mushure mekuwetera parutivi rwebhini, imbwa dziye dzakati tande, ndiye murima nemetere. Ndakaona sekuti dzakange dzichichigere kundiona kana kubata hwema hwangu.

Handina kuzowana nguva yekuruka zano kwaro rekudzidzvenga. Pakadai, haumirire kunyeverwa nemunhu kuti zvinhu zvaipa. Ndakati kwarakwashu, ndiye gumbo ndibereke ndakananga kwaive nemba huru. Kwaive kusiri kumhanya ikoko, asi kuti kwaive kubhururuka seshiri. Chokwadi mhuka inonzi imbwa, ndakange ndisina usahwira nayo. Mabasa adzo ndaimaziva kumapurazi kwandakazvarirwa. Zvichida vanhu vaive mukati memba vakange vasati vavata. Vaizodzivisa shumba dzavo kana dzichinge dzave kundibisa chiri kumeso.

Hakuna kure kwandakasvika. Ndakanzwa inzwi remunhurume richishevedzera. "Manjenjenje! Kusafunga! Batai munhu! Bhanditi apoya! Vanhu mese muri panze, pindai mumba! Vharai magonhi muise zvihuri! Bhanditi apoya!"

Imbwa dzakagwauta. "Nhasi zvangu, ndichaoneswa ndondo nembwa ndisati ndasvika kune imba huru."

Ndakati cheu, ndokuona hakuna chakadaro. Imbwa dzakange dzandiona zvino dzikati, hende! Asi zvinonzi imbwa ukamhanya uchinzvenga-nzvenga sekatsuro, inotora nguva kuti ikubate. Mabhindauko ekudzinzvenga sekatsuro anokuburitsa mumatambudziko ekurumwa nembwaka zhinji kana uchiziva mabatiro adzinoita tsuro. Ipapo imbwa inenge ichiti uri kunanga neuko, igoti handei tione! Inogurira nzira, asi painozoti cheu, inozoshama wave kune rimwe divi wainzvenga. Kana uchinge waita mhanza, chikwira mumuti nekuchimbidzika.

Nzira yegudo kazhinji inoperera mumuti. Ndakati tutururu, kusvika mujinga memba ndiri mhepo chaiyo. Ndakanoti pano nepano kutsvaga gonhi remba, wanei pakasungwa neutare. Paingove nemahwindo chete akange ane zvisimbi mukati. Zvichida ndakange ndiri seri kwemba kusina magonhi. Ndakaridza tsamwa ndokuzoona dhiramu rakati zvaro zenda, kumadziro emba. Mvura yakange yakati shutu, kuzara mudhiramu iroro. Pakange pachisina nguva yekufunga zvekuita. Imbwa padzainge dzoti hachu, kubata chitsitsinho chegumbo, ndipo pandakati karakata, pamusoro pedhiramu ndokuritsika mumativi aro. Weduwe-e, apa ndakachiona chekuona! Mhere yaingove, 'maiwe-e! Maiwe-e!

Ndofa kani!' Ndimire ipapo kudaro, dhiramu rakatanga kundiitira maminimini sezvo rakange rakati rerekei zvishoma. Ndaizeya-zeya, semureza weZimbabwe uri pabango.

Imbwa dzaidya marasha dzichisvetuka-svetuka mudenga dzichivavarira kuti kwi, tsoka. Ndaiti ndikaenda uko ndodzoka zvekare nekoko ndichiedza kuzviruramisa pamusoro pedhiramu. Ndakashereketa, asi zvakashaiwa basa. Hwisiki yandakange ndachocha, musi uyu yakabva yauya yese kumeso. Dzungu rakati tiba. Nyika ndokutanga kutenderera sewachi yakafa. Paive pasi pakaenda kumusoro. Ndakati ze-e, ndiye pasi umburu!

Imbwa dzain'ara pasi ipapo dzikati, tsvati waro, zvatinakira. Dzakati toro, pandainge ndawira. Padzainge dzoti topi, pahuro pangu, mvura yakange izere mudhiramu yakati kupe-e, mumusoro madzo. Kariba yakange yavhura magedhe emvura inogaya gwenya remagetsi. Idzo dzikati manana eyi, ndiye ware, kutiza mvura. Dhiramu rakazoti gunduru gunduru richikunguruka rakananga kwaive nemagadhi maviri aiuya achidididza. Magadhi asati aziva zvakange zvichiitika, zvikati zvasangana nedhiramu mumakumbo, ndiye vose pasi njaku njaku. Dhiramu pamusoro vanhu pasi. Ndakazonzwa imbwa dzichiti hwa-a, hwa-a, dzasudurukira kure dzichizunza-zunza mvura yakange yatiwo nyakata nemiviri yadzo yese.

Ndakati rapata, pasi ndakomoka. Hembe dzakati chakachaka, ndapinda murwizi rwuzere nemvura. Pasina chinguva ndakati bwai bwai, ndabengenuka. Ndipo pandakaona magadhi nembwa dzavo vari kuuya vachidya mwoto zvekare. Apa ndaifunga kuti zvapera, zvigere! Ndakati kwarakwashu, mumachakwi emvura, baba vangu imi, ndokumhanya zvekare ndichitevera chidziro chemba, asi simba rekumhanya rakange rave shoma zvino. Muviri wakange warukutika wazara namarwadzo.

Ndakatarira shure ndokuona, hakuna chakanaka. Hezvo, ndakange ndadenha zvisingadenhwi. Nyika yakange yandiramba. Imbwa dzakange dzave kundiratidza mavara adzo zvino. Pamadziro emba nechekumusoro kwaive nesimbi yakange yakaturikwa dhishi rinobata masaisai eTV.

Ndakakoka simba rangu rose ndiye kwaku, mudenga sembada ndichisvikoti kachi, kubata pasimbi sekamuremwaremwa. Ndakarembera ndiri pamusoro ipapo semudzonga wenyama uri pamutariro. Kumhanya kwandaiita kwakaita kuti makumbo aende kumberi nekudzokera kumashure semwana ari pamuzerere. Zvino imbwa yakatanga kusvikapo yakati, midzimu yakombora, ndiye hachu, pachiziso chetsoka. Imwe yakabva yatiwo napo vhe-e, ichisvikoti kwi-i, kuruma pamudhebhe yapotsa chitsitsinho. Zvikara zvikati neni neka neka. Pakaitika dzvootsvoo, nenyakanyaka yakaipa.

Ndakaridza mhere yakaita maungira muchivanze chaSilas. Ndiyo mhere yakazounganidza vanhu vane chitsama vakamhanyidzana kunoona zvakange zvichiitika. Pasi ipapo vanhu yakange yangove kete kete, kutora mifananidzo namavhidhiyo pamaserefoni avo uku vachiokera vanaManjenjenje naKusafunga kuti vasandisiya ndiri mupenyu. Vakaita sevachabata denga nekufara. Magadhi vaidzivisa vanhu vaiuya pedyo nepaitika nyakanyaka nekuti vaisada kuona anorandutsira.Kwavari ndakange ndichisiri munhu.

Muhana mangu ndakati, *Kwete, regai ndishingirire kubata simbi zvakasimba ndirambe ndakarembera mudenga. Kungoti pu, pasi ipapo, ndaiuraiwa nembwa.* Ndakange ndapinda mukanwa mamupere.

Maiwe-e, hakuna chinhu chinorwa dzapasi pano sekurumwa nembwa! Chandinoyeuka ndechekuti mazino adzo akanoti pfe-e, munyama yemutsoka, ndiye ndi, asvika pabhonzo chaipo. Hezvo, imbwa dzikati dzozunza-zunza dzakarereka misoro yadzo nedivi. Ndakayuwira ndakati mwi. Zvaisada kuti ndihute, ndichiungudza. Ruzha rwaibva rwaita kuti mbwa dzinyundume dzichiti ndinodzitya. Chaunga chavanhu chakawana nyaya yekutandara nayo usiku ihwohwo.

Tsoka yakange yakarumwa nembwa yakatanga kuita chiveve. Ndakaruma muromo wezasi ndokushingirira semurume kugweshaira ndichienda pamusoro pemba. Wanike hezvo, ndave kusimudza imbwa mbiri mudenga dzain'ara pasi ipapo zvisina ani akamboona. Ndakange ndave tarakita inosimudza simbi dzinorema mudenga. Handizive kuti simba rakange ranyuka richibvepi. Pandaigonyanisa makumbo kudaro, imbwa hadzina kundisiya kwete. Dzakasvika pedyo nepachiuno apa, ndokubva tatarisana kumeso.

Dai dzaive vanhu, zvimwe ndaidetembera nemutupo kuna Tembo Shumba Samaita ruregerero ndichiti,
"Ngaisiye matambo Mbizi Chikaka.
Chitendera chamambo chichi.
Mbizi yakashonga mikonde savakadzi.
Maita vari Marenje, Guruuswa.
Maita Mwoyo.
Zvaonekwa Shumba Tembo."

Zvino imbwa hadzinzwe mutauro wakadaro. Hadzina mutupo. Hadzina zvinoera. Ndakazobata simbi neruoko rumwe chete uku ndichikunga chibhakera chandakazeesa mudenga chikanoti dhe-e, pamhuno yembwa yakange yakaruma mutsoka seyakagarwa nengozi. Yakandiregedza ipapo ipapo, ndokubva yanoti pasi njaku. Imwe yakange yakaruma pamudhebhe yakabva yaregedzawo pakarepo, nokuti rutsva runobata nokuona rumwe. Asi isati yaruma pasi, yakati para-r-r-r, kubvarura mudhebhe wangu wanike, wave chipfeko chezambiya, asi iyo ichinoti zvayo pasi rikiti.

"Uyo! Uyo! Ndamuona ari kugweshaira pamusoro pemarata achinopota seri kwemba kune vhuranda. Ari kuti zvimwe hapana ari kumuona. Handei seri tinomubatira ikoko. Asi Manjenjenje naKusafunga vamuruma zvekuti haachakwanisa kufamba zvakanaka. Vatomukoniwa, dai vabva vamupedzisa pakarepo." Akadaro gadhi achizivisa vamwe.

"Nhaiwe-e, Bhanditi! Ko, wagarwa here? Chinokudariso chii?" Akashevedzera gadhi uya achienda seri kwemba. "Wave kupinda nemwenje mudziva. Zvino unoti haudzime here! Kana uri munhu, wadii zvako wadzika pasi titaurirane! Zvemabiribobi auri kuita uchizviita gamba, hazvina kwazvinokusvitsa. Tarisa uone huhwandu hwevanhu vaungana pano nekuda kwako! Hakuchina kwauchatizira. Takakumirira kuti udzike pasi, titaurirane. Chirega kuti tiringindi, uchidzikaka nharo dzisina basa. Chokwadi, ukaomesa musoro sezvauri kuita unofira mumaoko evanhu. Manjenjenje naKusafunga vanokuita kafiramberi.

"Usatye, zvako dzika pamusoro pemba wakasun, unguka. Kana uchitya imbwa, tinodzibata netambo pfupi. Rega ndikubaire zanhi, kutaurirana chinhu chakanaka nguva dzose. Zano ndega akasiya jira kumasese. Ndizvoka, Bhanditi! Usazoti takashata. Ugoti tsvitu tsvitu, pwetere pwetere, kana tichinge tauyako kumusoro ikoko, tichikutora zvechisimba. Patichakubata ndipo pauchaonerera."

Ndakatarira pasi ndokuona, aikazve, pasi pane chaunga chavanhu zvekuti waisawana pekutsika. Vazhinji vavo vainge vakandinongedzera sevakange vaona shura regudo pamusha unogara vanhu. Ndaishingirira kugweshaira pamazen'e emba ndichienda seri kwaive nevhuranda. Ndaisaonekwa zvakanaka nekuda kwerima rakange rakati njenjenje padenga remba. Chiedza chemaserefoni avo chaisasvika ipapo zvakanaka. Tsvimbo, matombo nemavhinga zvainaya semvura yenhuruka pamarata emba. Vanhu vaiedza kundizvindikita kuti ndigowira pasi seshiri.

Ndakanoti pote, seri kwemba. Ndini uyo svetu, ndichinorimbinyuka, ndichiona chimbini chichipfungaira zvacho chiutsi chakati tugu, mudenga.

Imwe pfungwa yakati, *Ya-a, kasika, pinda mukati mechimbini udzike pasi unohwanda mumba. Imwe pfungwa ikati. Kwete, uku kuzvitongera gehena remoto unopfuta pasi ipapo. Zvichida mumba muchine vanhu vari kudziya moto wenzeve dzatsuro.*

Hezvo, pasi pakange pachisina chakanaka. Vanhu yakange yave ngwecha-ngwecha, kutsvaga Bhanditi akange apota seri kwemba. Hohoho, yavo yakange yave kune rimwe divi remba vachida kunditurunura sehuni iri mubakwa raive pamusoro-soro. Magadhi vakabatirana manera marefu-refu, vachinomati kwati kumadziro emba. Vakagamuchidzwa tsvimbo dzavo ndiye karakata, pamanera ndokudungamidzana vachikwidza kumusoro. Magadhi akange ashingirira kundibata.

Ndakati gojodo, ndapererwa nezano rekuita. Kwekutizira nako kwakange kuchisina. Tsoka yainge yarumwa nembwa yakange yave kunditambudza zvikuru namarwadzo. Ndakange ndave kukamhina ndichisakwanise kutsika pasi zvakanaka. Rwendo rwangu ndakaona sekuti rwakange rwagumira pamusoro pemba. Chokwadi, zvinhu zvakange zvandishatira, sekuseka.

Pfungwa yekukanda zvombo pasi yakauya mumusoro mangu. Kuti ndibude ndiri mupenyu munyatwa yakadai kundimomotera, ndaifanirwa kugamuchira kukundikana kwangu kupoya namaoko maviri. Zvino magadhi akange ave kuuya pamusoro pemba kuzonditora zvechisimba vachizoenda neni kuna Silas. Vakange vave kuuya kuzonditora sevanotora mufushwa wenyemba uri murusero.

Imwe pfungwa yakati, regai nditange ini kutaura nemagadhi iwaya ndisati ndadzika pasi ipapo. Ndakati kunun'unu kufunga. *Chirega ndisimudze maoko mudenga kuti vazvionere kuti ndakundikana, ndave kuzviisa mumaoko avo. Asika, magadhi acho anofanirwa kuitawo zvandinoda ndisati ndadzika pasi ipapo. Imbwa dzavo Manjenjenje naKusafunga ngavadzisunge netambo pfupi-pfupi kuti dzisandiruma zvekare. Uye pasawana mumwe wavo anondisvitsa chibhakera kana kundikwamura mbama kana ndichinge ndave pasi ipapo.*

Pandakati tote, kumira uku maoko ari mudenga ndichiti ndiende seri ikoko kwavakange vakaungana vanhu, ndipo pandakati cheu, ndokuona duhwino raive pasi. Raive mujinga memba. Mwoyo wangu wakanyevenuka ndokunzwa rimwe simba richipinda munyama dzangu.

Handina kuzofunga kaviri. Sekiti, ndakati nyahwa nyahwa, pasina aindiona ndichienda paisvika manera kumaberere edenga remba. Ndasvikapo, ndakatarira magadhi aye ndokuona aikazve, misoro yavo yatosvika pamusoro pamarata emba! Chiriporipotyo, ndakasaidzira manera aye negumbo ndokunzwa mhere inotyisa manera zvaaienda pasi achinoti ngonjo ngonjo. Ndipo pandakati kwaku mumhepo sendege uku maoko akavhurwa seshiri ndave kuenda pasi ndakananga mumvura yaive muduhwino.

Ndakanosvikoti pfe-e, mumvura zvakanaka-naka sebanga rinonyura mukeke. Mvura haina kuita ruzha kana kubvongodzwa. Da indakasvikoti mumvura kubvu, semombe inopinda mudhibhi, imbwa dzingadai dzakazvinzwa dzikandimomotera ndichirimo muduhwino. Ipapo ndaizove nyama yekugocha.

Kudhigidha wakange uri mutambo wandairwarira zvikuru. Kunyangwe zvazvo ndainge ndakahuchocha, kudhigidha yakange isiri nyaya kwandiri. Ndakanyura mumvura ndokushambira sehove ndichienda kwakadzika-dzika kweduhwino. Ndasvikako, ndakanotenderera-tenderera ndichishambira segwaya ndiri panzvimbo imwe chete ndichidya zvangu nguva.

Pave paye, ndakazoti teke-teke, semuramba ndichikwidza mhiri kweduhwino. Zvinyoronyoro, ndakaburitsa musoro kunze ndiye fe-e, fe-e, ndave kufuridza mweya wekufema wakange wakazara muchipfuva kuti ndindindi. Ndakange ndatora nguva huru ndiri mukati memvura ndisingafemi. Furo rakati pupupu, pamuromo ndiye koso koso, ndakachidzwa.

Namaziso azere nekutya, ndakatarira nzvimbo yakapoteredza duhwino ndokuiona isina vanhu. Yainge yakanyararwa kuti kwaka, sekumakuva. Imbwa dzainzwika dzichigwauta dziri seri kwemba. Seri ikoko ndakaona sekuti kwaive nenyonganyonga vanhu vakaunganira magadhi maviri ainge akuvara sezvo ainge awira pasi zvine njodzi. Zvaive pachena kuti manera iwayo zvaakanoti ngonjo pasi, akanosvikowirawo vamwe vanhu vaitora mavhidhiyo zvekare.

Magadhisekuziva kwangu,vaisakanda zvombo zvavopasi nyore-nyore.Shaverekuda kubata Bhanditiraingerakavapotera zvikuru kunyangwe zvazvovainge vakuvadzwa nemanera. Vaisarudza zvavo kufamba vachikamhina kusvika vandibata chete.

Iniwo zvandaikamhina kudaro sehoromba yegudo yabaiwa nemubayamhondoro, ndakabuda mumvura karikiriki, ndiye danzvu, muchivanze ndichinoti murima pesengu. Hana yakati ndinange kwakange kune mwenje waioneka pamahwindo maviri akange akachena kuti ngwe-e. Imba iyoyo yaive duku iri kachinhambwe kakati kuti kubva pane imba huru.

Imba yandaida kunopotera yakange iri kwayo yoga kubva pane imba huru. Chakange chiri chimba chidiki-diki kwazvo chainge chakavharwa mahwindo acho nemaketani. Zvichida mukati macho chaive nemipanda miviri chaiyo. Ndichangoti tutururu pamukova,inzwi remunhukadzi aitaura ari mukati memba rainzwika. Ndakati rimbinyu, pasi ndiye zi-i, ndichidzikamisa hanha yakange ichibika manhanga.
Aikazve! ko zvaari munhukadzi ari kutaura mumba umu! Inga ndaita rombo rakanaka kwazvo! Ndakadaro ndichitaurira mumwoyo. *Ya-a, munhu uyu achandibetsera neserefoni ndigozivisa vanhu vari kunze nezvenyatwa yakandimomotera. Kazhinji vanhukadzi vane mweya wekubetsera munhurume asangana nedambudziko. Chinondishamisa apa ndechekuti ivo vanhukadzi pachavo havana pfungwa yekubetserana kana mumwe wavo awirwa nedambudziko. Vanotosekana vachirovana kobo.* Inzwi remunhukadzi iyeye rainzwikwa sekuti aitaura parunhare.

"...mati Bhanditi aita sei? Muri kureva kuti adzoka zvekare kuzotifurufusha sezvaakaita paye? Hongu, ndichiri kuno kuLibrary. Hezvo! Sekuru mave kundivhiringa kuverenga mabhuku, ini ndiri pakati pekunyora bvunzo. Zvino munoda kuti ndiite sei chaizvo? Zvekuuya ikoko ndati kwete, kanganwai. Zvakanakai, chiregai ndikiye gonhi racho."

Zvandakanzwa mashoko iwayo ndakati zvandinakira. Chiriporipotyo ndakati gonhi bherengende, ndiye dhuma-dhuma nemunhukadzi waive mukati memba. Akange asvikawo pagonhi kuti ari kiye. Dai ndakadya manonoko sekamba, gonhi ringadai rakanzi dwa, kerekeche, ndichiri panze.

Mwanasikana aive mumba akanditi bamhama, ndokurohwa nehana sezvo aisatarisira kuona munhu pamukova. Akafemera pamusoro achifambisa chipfuva chake apindwa nekutya. Pauviri hwedu hapana akataudza mumwe panguva iyoyo. Maziso edu ndiwo akange ave kuita hurukuro.

Ndakaona pahuma pake pane ronda rakange rave kunoti porei. Bvudzi rake rekuzvarwa naro rakange rakasvibira zvaigutsa meso. Maziso ake ainge akaita seanoti kurei, uku tsiye dzakati chechetere. Aive nesakavadzimu rakati nyechu, rakamunakisa kwazvo. Runako rwakadai rwakange rwusina vanhukadzi vazhinji.

Iye akanditarira kubva kubvudzi kusvika kutsoka ndokuona nhumbi dzangu dzakati nyakata, nemvura. Akaona mhuno yaibuda ropa richidonhera pasi. Mbonje yakange yakati dindiri, kuzvimba pahuma. Yakamuvhundutsa. Iwo mudhebhe wainge zambiya uzere tsine nendove yainhuwa kuti kutu, hazvina kumufadza. Mapfekero akadai akamuyeuchidza vanhu vaaiona mukati meguta vachidya zvemubhini vachirarama nekupemha. Chokwadi gororo raitsvagwa papuroti rakange rasvika kwaari kuzomubhinya. Mwana wevanhua kamonya muromo ndokuikwetsura mhere pakarepo. "Sekuru, kani! ---Bhanditi-i-i!"

Panguva imwecheteyo ndakati. "Shamiso-o-o!"

"Bhanditi ave kuno kani sekuru! Huyai mundi nu...!"

Mhere yake handina kuifarira. Kwete, ndaizobatwa mumba imomo nyore. Haana kuzoenderera mberi achiibongomora. Asingazvifungidzire ndakamuti ndari, ndiye gumi rakadya vaviri. Takakikiritsana zvakaomarara. Iye pasi, ini pamusoro pake, iye pamusoro pangu, ini pasi zvekare, tichikunguruka sedanda. Handina kuzvitarisira kuti munhukadzi angaviruka sembada kudaro. Akamira-mira achindirwisa semunhurume. Akazvomora shangu yake yezvidodoma mutsoka ndiye go go go, kurovera pahuma pangu achiita seairovera chipikiri kumadziro. Akanditswinya nenzwara dzemucheno zvekudzipura nenyama. Akaendesa muromo wake kurutivi rwedama rangu ndiye hachu, kuruma seshumba achisiya vanga remazino rakaita kadenderedzwa.

Serefoni yake yakanoti kwakadaro kwatara, ichibuda bhatiri mukati mayo. Akamboedza kuitsvanzvadzira, neruoko, asi haana kuisvikira. Ndipo pandakamudzvanyidzira pasi semhuka, asi ndisingamukuvadze. Akabva ati undundu, akandidzvokora neziso rakabuda.

"Shamiso, Handisi Bhanditi. Ndini Simba mukomana akauya newe pano papuroti. Zvino ndave nhapwa pano nekuda kwako."

"Kunyeba! Ndiwe Bhanditi! Buda muno!"

"Shamiso, handisi Bhanditi kani! Zita rangu ndinonzi Si..."

"Ndaudzwa nezvako kare. Ndiwe Bhanditi! Unoti ndakukanganwa! Handina! Wakauya pano une vamwe vako mukakuvadza baba vangu. Wakandizvuzvurudza muvhu ndikakuvara kumeso. Mukomana akandibetsera akaenda kwaanogara kare. Uye haana chiso sechako chine mbonje pahuma. Iye zvino wandikuvadza zvawandiwisira pasi uchida kundibhinya."

"Ndinoti ruregerero Shamiso. Ndavhunduka zvandanzwa uchiridza mhere ndikati zvimwe magadhi anosvika pano ndisati ndataura newe .Chokwadi akanzwa mhere yako, anouya kuno ndikabatwa zvekare."

"Ehe-e, batwa!"

"Shamiso kani! Ndibetserewo, usataura uchidaro!"

"Unoda kuti nditi chii? Ndiwe Bhanditi wapoya. Buda muno!"

"Kwete kani, Shamiso! Kubva musi uya wandakakuona wakati kushu mumugwagwa, ndakazvipira ndikafamba newe husiku hwese ndakakubereka kumusana kwangu ndikasvika newe pano zvakanaka. Dai ndaida kukubhinya ndingadai ndakatora mukana iwoyo nekuti taingove tega mumugwagwa munguva dzeusiku. Chionaka, handina hunhu hwakasunama hwekubata munhukadzi chibharo.

Ufunge zvako, vanhu vepano papuroti vakandiita nhapwa mushure mekunge vandirova zvekundiuraya chaiko. Chokwadi, mwoyochena unoparira. Uchindiona ndakadai, ndichigere kudzokera kumba kwandinogara. Zvino ndapoya kwandainge ndakavharirwa kwemazuva matatu. Vanhu vese vari kuti ndini Bhanditi sezvauri kutaura iwe. Zvino ndinoda kubuda muno mupuroti ndiende zvangu."

"Handiteereri nhema! Ndati buda muno ndisati ndaridza mhere zvekare. Ndakuziva! Ndiwe waida kuuraya baba vangu nebhemba ndakatarira. Iye zvino baba vave kutandadza vari mumba. Uka..."

"Shamiso, chindipa nguva nditsanangure zvaka..."

"Kunditsanangurira chii? Nhema? Ndati handiteereri zvisina basa. Ibva pamusoro pangu."

"Ndinonzi Simba. Ndakarohwa zvakaipisisa ndikapotsa ndauraiwa pagedhi nemagadhi pamwechete nemhomho yavanhu vachiti ndini Bhanditi. Nhasi zvekare, baba vako varaira magadhi ndikarakashwa nechiwepu. Kana ndiri Bhanditi, gororo rinoponda vanhu, ko, sei vasiri kudana mapurisa ndisungwe zvangu ndichinomira pamberi pedare? Shamiso, ndiwe chete munhu wandirikutarisira kuti uchadibetserakuti ndiende. Ndinokumbirisa kwazvo kuti uzivise vanhu kuti ndinonzi Simba kwete Bhanditi. Ndikangoti vhe-e panze ipapo ndinofira mumaoko avo. Izvozvi chaunga chavanhu chiri kudya marasha. Handei panze unovaudza zita rangu chairo uye kuti ndini ndakauya newe pano. Ichi ndicho chikumbiro changu kwauri. Havazivi kuti ndauya kuno kuzopotera kwauri. Imbwa dzavasairira kwandiri ndichitiza, dzandiruma. Ndiri kudawo rubatsiro rwako ndiende kuchipatara nekuchimbidzika." Ndakadaro ndichisimuka pamusoro pake. Iye akabva ati kwarakwashu, ndiye pote, seri kwetebhuru yaive namabhuku.

"Kwete!" Akadaro mwanasikana achiita nhendeshure uku achiita seanondibhabhaisa.

"Handina kupusa ini. Ndakazvarirwa muno muHarare, ndikakurira muno zvekare. Zvino chirega kundiona sefuza rako. Ndakuudza kare wani kuti mukomana akandibetsera ane mwoyo une rudo uye akadzokera kare kwaanogara. Ndichamutsvaga kusvika ndamuwana ndigomutenda nezvaakandiitira."

"Munhu iyeye wauri kutaura ndini." Ndakadaro ndichidetembera. "Shamiso, chiso changu chashanduka.Handisi munhu akasimba ini, asi kuzvimba nekurohwa kwandakaitwa." Ndakadaro ndokubva ndati katanu katanu, mabhatani ehembe ndichimutaridza mamwe maronda akange akati chiki chiki, kumusana kwangu. Mwanasikana haana kucheuk akana kuita hany'a yekutarira maronda iwayo.

"Handina basa nemaronda ako ini Bhanditi. Dai waiziva kukuvadza kwawakaita baba vangu, waisataura uchidaro. Ndiwe Bhanditi saka chibuda muno zvinhu zvichakanaka!"

Zvandakanzwa Shamiso achishingirira kutsika madziro, nyoka dzemudumbu mangu dzakarira. Shungu dzakamona. Ndakaramba ndakamuti nde-e, kumeso ndisingambobwaira. Muromo waidedera, mashoko achiramba kubuda. Munhu wandaitarisira zvikuru kuti andibetsera akange aramba.

Kuzoti pave paye ndakati, *Shamiso wanditi dyu-u, pamwoyo pangu nebanga rakagomara. Ndiwe chete munhu wandanga ndichitarisira zvikuru kuti uchaita kuti ndiende kumba, asi waramba kunzwa chichemo changu. Inga wani zvinonzi, kandiro kanoenda kunobva kamwe. Zvisinei hazvo ndadzidza chidzidzo chikuru muhupenyu hwangu. Kungoti hazvo, dai waiziva zvakaitika kwauri kusvika ndikubetsere waidai usingataure zvakadaro. Wandiramba nhasi uchiti handikuzive, asi mangwana uchadawo rubatsiro rwangu kana kuti rwemumwewo munhu. Ndinozvigamuchira namaoko maviri. Zvakanaka tichasanga nerimwe ramazuva.*

"Chirega ndibude muno ndiende panze apo pane mhomho yavanhu vandiuraye zvipere. Ndinoda kuti unge uripo uzvionere wega zvandiri kutaura. Zvimwe paunenge wakatarisa vachindirakasha, ndipo pauchatendeseka. Zvichida unoda kunzwa jongwe richikukuridza kuti ubvume kuti ndini Simba, mukomana akakubetsera.

"Asika, kana ndichinge ndauraiwa nevanhu ivavo, ndinoda kuti ugondiyeukawo kuti ndakakudetembera ndichikukumbira rubetsero rwako, asi iwe wakaramba kundibetsera. Hezvo, wakanganwa zvino kuti takange tiri tose mugomba tichitsvagwa nenyasire dzakarozva baba vako. Husiku hwandiri kureva taingove tese, asi nhasi wave kundiramba uchiti ndini Bhanditi mhondi yemunhu."

"Iwe Bhanditi, kukukuridza kwejongwe kwaita sei panyaya yatiri kutaura? Rega kusanganisa nyaya pano. Asi wafunga kundisairira mamhepo ako? Hany'a naani! Handidi kunyaudzwa nezvisina basa ini! Ndinokuziva saBhanditi chete. Ndiwe wakakuvadza baba vangu. Zvino chibuda muno zvinhu zvichakanaka."

Uyu musikana ndakamushaira mazwi ekumutsanangura. Chokwadi ndakange ndisati ndambosangana nezvakadai. Pfungwa dzakanditambudza. Muhana mangu makapinda pfungwa mbiri zvekare. Pakutanga, ndakamboti ndibude zvangu panze ndiende ndichinozviisa mumaoko evanhu vain'ara sembada. Pave paye ndakati kwete, regai ndimbonyengerera Shamiso. Zvichida achashandura mafungiro ake panyaya iyi ayeuka chimiro chemunhu akamubetsera. Ndakafungisisa ndikazviona kuti pana Shamiso ndipo pakange pane ruponeso rwangu. Kusuduruka paari kwaive kuzvipinza mumoto uri kupfuta.

Mumba mandaive naShamiso yakange iri muzinda wemabhuku. Yakange iri *Library*. Nderipi bhuku rawaitsvaga ukarishaiwa imomo? Yaive nemasherefu aive kumadziro azere ungwandangwanda hwamabhuku efundo. Chokwadi basa rekushanda mu*Library* rinofadza zvikuru. Mabhuku akange akarongwa zvainwisa mvura pamasherefu maringe nedzidziso yaive mukati mawo. Ndakaona mabhuku ekupepetwa kwenhau; ezvemitemo; ekugarisana kwavanhu; mabhuku ekufunga kwedu vanhu; mabhuku ane chekuita nezvematongerwo enyika; mabhuku ekudzidzisa muzvikoro; ekurima; nemamwewo akawanda.

Maziso angu zvaakaenda pasherefu yaive pazasi ndakaona mabhuku engano. Mukati mehana yangu makaita manyukunyuku ndichifarira mabhuku akanyorwa munyika medu kare kare aiti, Feso; Kurauone; Karikoga Gumiremiseve; Tambaoga Mwanangu; Pfumo Reropa; Jekanyika; Kutonhodzwa KwaSekuru Chauruka; Gehena Harina Moto; Garandichauya; Muchadura; Tanga Neropa...

Ndakayeuka pandaiverenga mabhuku iwayo ndichizipirwa zvangu neudzamu hweumhare hwengano dzainyorwa nehwereshinga dzamazuva iwayo. Ngano dzavo dzaipinda mukati-kati meurozvi ugonzwa muchiti zhiriri zhiriri, munhu uchizipirwa nengano dzepasichigare. Ndakamboti tsinin'ini, kufunga ndakanganwa zvenyatwa yangu. Ko, njere idzodzo dzaipinza kudaro dzakaendepi chaizvo? Dzakasiirwa ani? Kare ikako ruzhinji rwavanhu rwaiverenga mabhuku engano muzvikoro, mumabhazi, muzvitima, mudzimba, kana nemumabhawa chaimo. Mazuva iwayo vanhu vakawanda vaiti tsikitsiki, kuverenga mabhuku akanyorwa naChakaipa, Hamutyinei, Mutsvairo, Bepsva nedzimwewo hwereshenga dzamazuva akare. Iko zvino kashoma kwazvo kuona vanoverenga mabhuku erurimi rwedu kana risingabude pabvunzo yeZIMSEC.

Zvichida ukaverenga bhuku remutauro wedu unotarisirwa pasi kana kuti unoonekwa seusina kudzidza. Ko, chii zvino chakange chapinda pakati pedu isu vanhu vatema kuti tiseme rurimi rwedu kusvika pakadaro? Kuti iserefoni here kana kuti dandemutande rashura mare kutora nzvimbo yebhuku? Ko, inga mhiri kwamakungwa bhuku richiri kuverengwa wani! Mabhuku anoverengwa, kunyangwe zvazvo vaine maserefoni avo nedandemutande rinogara rakati ti, munyika dzavo? Uye zvekare mhiri kwamakungwa ikoko bhuku harina kutsvetwa kurutivi zvakauya dandemutande pasi rose. Tingati bhuku razowana chinoritsiva? Kuti zvese izvi zvatangira munyika medu?

Library yakange ine mifananidzo yevanhu vakawanda kwazvo yaive kumadziro. Ndakaona mifananidzo yemagamba akarwira rusununguko rwenyika ino. Pamufananidzo wekutanga, ndakaona chamangwiza, Josiah Magama Tongogara, achinyenwerera zvake nemamwe magamba vachironga gwara kwaro rechimurenga. Vakange vari pakati pesango rekuChimoio. Vanyori vemabhuku vemunyika muno vaivewo pamifananidzo mizhinji yakange iri kumadziro.

Pane mumwe mufananidzo wandakati nde-e, kutarira kwechinguva chakati kuti. Uyu mufananidzo wakanditora mwoyo pakarepo. Waive wechembere yaifara zvikuru. Nyora dzemucheno dzakange dzakati tara -tara, kumeso dzakachekwa neunyanzvi hwepamusoro. Gogo ivavo vainyemwerera zvavo pavakatorwa mufananidzo iwoyo. Mbuya vangu imi, takange takati zvedu kapu kushama muromo, takanganwa kuti mukanwa imomo hamuchina mazino. Veduwe-e, mumukanwa makange mave magedhi ebhora muchisina gorokipa.

Muhuro hamaitaurwa, makange mune ndarira yaibwinya dombo rengoda. Pfungwa dzangu dzakabva dzaenda kundarira yaShamiso yakabiwa naBhanditi. Yakange yakafanana nendarira yaive muhuro mechembere iyoyo zvisina mubvunzo. Handina kuzoparadza nguva ndichifunga ichi nechecho.

"Ndinoziva munhu ane ndarira iyo iri pamufananidzo wagogo." Ndakadaro nenzwi rakanyorovera.

"Watii?"

"Ndati munhu ane ndarira iyo iri pamufananidzo wagogo ndinoziva kwaari."

"Bhanditi, chii chaizvo chauri kutaura? Handiti ndiwe wakaenda nendarira yangu? Saka ungatadza nei kuziva kwairi? Ndinoida ndarira yangu."

"Shamiso, ndataur, ndikataura kare kuti handisi Bhanditi. Asi unoda kuti ndidavire zita nerisiri rangu? Ndizvoka! Ndinonzi Simba. Julias Kaitano anogara kuBhorodhero panhamba 16, muna Fleece Rd, ndiye munhu ane ndarira yako. Zvichida akatoitengesa kare kana kuipa mumwe munhu sechipo."

"Ko, waziva sei zvese izvo iwe uchiti hausi Bhanditi?"

"Ndarira yako ndakaiona muhonwe yehembe yaJulias yaakange akapfeka musi wawakapambwa. Pandakaiona, iwe wainge uri mugomba ratainge tawira. Ini ndainge ndabudamo ndichienda kwaive nemotokari yaJulias ndichida kuziva zvizhinji kunyasire idzodzo."

"Ukurevesa here iwe Bha... Ho-o, wati unonzi ani garazviya?"

"Ndinonzi Simba. Kwete kundidana nezita rekuti Bhanditi nekuti handizvo."

"Iwe Simba, ndinoziva sei kuti hausi Bhanditi? Zvichida uri kundinyepera? Ko, chii chauinacho ipapo chinondiratidza kuti ndiwe Simba?"

"Hapana chandiinacho. Chitupa pamwechete neserefoni yangu ndakazvishaya zvandakarwiswa pagedhi. Zvino zvave kwauri kuti utendeseke pane zvandataura."

"Ko, nhai Simba, unoti ndarira yangu ndichaiwana here?"

"Ndinoona sekudaro. Julias Kaitano ndiye anayo. Zvino kana uchiida ndinokwanisa kunoitora ndichizouya nayo kwauri."

"Ukurevesa here Simba?"

"Hongu, ndinorevesa."

"Zvakanaka, kana uchirevesa ndichakubetsera kuti unoitora."

"Shamiso, ndafara zvikuru nezvawataura. Hapana chinondinetsa nekuti munhu ane ndarira yako ndinomuziva uye nekero yekwaanogara ndinoiziva."

"Simba, ufunge zvako ndarira yangu ndeyenhaka. Uri kuona gogo avo vari pamufananidzo uyo? Ndiambuya, amai vababa vangu. Zvinonzi gogo vakapuwa ndarira iyoyo nagogo vavo. Ivo gogo vavo vacho vainge vaipuwawo nagogo vavo zvichingodaro. Asika, zvinonzi yakabva kune zitateguru redu rakapuwa ndarira iyoyo namaputukezi, pasi pasati parohwa nenyundo. Nanhasi uno ndarira iyoyo ichingoripo.

"Zvinondirwadza ndikazvifunga kuti yakabiwa yave mujana rangu rekuve nayo. Ndaifanirwa kuichengetedza. Handizivi kuti ndichaita sei ndikaishaiwa zvachose. Chinangwa changu chaive chekuti ndigoipfuudzawo kune vamwe sezvandakaitwavo."

"Ho-o, nhai! Saka haisi yanhasika?"

"Ichokwadi. Ndarira iyoyo ndeyenhaka. Yakabva kure chaizvo. Nezuro ndakaishambadza mumabepanhau nemunhepfenyuro yeredhiyo neTV kuti kana pane ari kuziva kwairi kana kuti munhu ar ikuitengesa agondinyeverawo ndigomupa mubairo. Zvino handichaziva kuti pane achandibetserawo here ipapa. Unofunga kuti ndichaiona zvekare nhai iwe Simba...Ndarira yangu kani! Ha-a...!" Shamiso haana kuzoenderera mberi achitaura, akange ave kupfikura. Mwanasikana akabata kumeso kwake misodzi ndokuti mokoto mokoto avira neshungu.

Ndakaenda pedyo naye ndokumunyaradza ndichimubhabhadzira pamapfudzi ake zvinyoronyoro. "Chirega kudaro. Ndarira yako ndichauya nayo. Ndinokuvimbisa. Kungoti hazvo yakatorwa nevanhu vane undyire."

Zvandakanzwa imbwa dzichigwauta dzasvika pedyo nemba, ndakavhunduka. Hana yakati bha, kurova ndave kutyira kubatwa sehuku ndiri mukati memba. Pfungwa dzangu dzakaita chahwihwi ndave nemubvunzo. Ndakacheuka kwakange kugere Shamiso ndichitsvaka mhinduro kwaari ndokubva tatarirana. Asi kuti, magadhi akange andiona ndichipinda mumba umu? Mumwe wangu haana kuzoparadza nguva akamira. Ndakamuona ave kufamba akananga kugonhi. Ndakati zvimwe ari kunorivhura achibuda panze, asi akasvikoti kerekeche, kukiya gonhi. Gonhi zvarakakiiwa, chakave chishamiso chikuru kwandiri. Kuti Shamiso akange atendeseka kuti ndakange ndiri Simba, mukomana akamubetsera? Handina kuwana mhinduro panguva iyoyo. Ndakatura mafemu ndokumutarira ndinyerere. Asati abva pagonhi ipapo, ndakanzwa pave kugogodzwa zvine mutsindo vanhu vachiedza kuri zarura, wanei rakakiiwa.

"Shamiso, tisu magadhi. Vhura gonhi!"

"Kwakanaka here?"

"Hakuna kunaka! Vhura gonhi! Bhanditi atinzvenga, zvaatiwisira pasi tiri pamusoro pemanera. Kune vanhu vakuvara vawirwa nemanera vari pasi! Zvinhu zvaminama. Zvino tinofanirwa kumungwarira. Anotikuvadza tose.

"Kasika, vhura gonhi tiende tose. Tamusairira imbwa muchivanze akarumwa gumbo, asi dzabata hwema hwake kubva kuduhwino kusvika pano pamukova. Zvichida pane paakahwanda pedyo nekuno."

"Zvino munoda chii kwandiri?"

"Tauya kuzokutora kuti tiende newe kumba takakuchengetedza. Vanhu vakaungana ikoko. Hakuchina achaita zvake oga kusvika kuedze. Nhasi tisu tinenge takachengetedza vanhu usiku hwese. Uyu Bhanditi, twake nhasi twakakwidza. Dai uri mumwe munhu warega kukanganwa zvakaitika kwauri mumazuva mashoma adarika.”

“Ndichigere kupedza kuverenga mabhuku angu, ndodii?”

“Zvawaverenga izvozvo zvakwana, handei?”

“Kwete! Zvandiri kuverenga zvakakosha kwazvo. Ndikakundikana mubvunzo ndimi zvekare muchandiseka. Vanhu vepano ndave kukuzivai. Chiregai ndiverenge zvangu.”

“Shamiso dai wanzwisisa zvatiri kureva.”

“Ko, chii chaizvo chamunoreva?”

“Tiri kuti Bhanditi agarwa nemweya wetsvina. Anokuvhiringa kuno kuLibrary kwauri kuverenga mabhuku. Tarisa uone mahwindo emba ino haana zvisimbi zvekudzivirira kuti munhu asapinde mukati nepahwindo. Bhanditi akazviona chete, anoputsa hwindo akakupindira. Oscar naTicha vapona nepaburi retsono. Handei kune vamwe, tisaparadze nguva!”

“Ndakakiya gonhi, chiregai kundityira. Ndinoda kuverenga!”

“Shamiso usazochema nesu mangwana. Akuruma nzeve ndewako. Asi tisati taenda tinokuyeuchidza kuti ugare pedyo neserefoni yako. Ukanzwa mutsindo wemunhu achifamba-famba panze, utifonere.”

“Ndinotenda nekundizivisa.”

Magadhi akabva aenda. Shamiso akatura mafemu ndokuenda seri kwetebhuru achinogara pachigaro.

"Shamiso, ndinokutenda zvikuru nezvawaita. Chokwadi, dai magadhi vapinda muno nhasi vaizondikwamura-kwamura kasingaperi."

"Magadhi epano vanonetsachaizvo, vane bvepfe. Ndange ndichiverenga zvawapinda muno zviya. Zvino zvazvadai chii chichapinda mumusoro mangu? Nyaya yangove yaBhanditi chete."

"Ndinoti ruregerero nekukuvhiringa kuverenga mabhuku. Ko, unodzidzei nhai Shamiso?"

"Ndinoita *degree* re*Law* paUZ. Hamheno kuti ndichabudirirawo here pabvunzo dzangu."

"Unobudirira usatye. Apunyaira haashaiwe misodzi. Ini ndakapedzawo *degree* re*Electrical Engineering* paUniversity of Zimbabwe ipapo mugore richangodarika iri. Asi ndichigere kuwana basa."

Shamiso akanyarara kwenguva huru akati zvake udyu maziso akatarira kuhwindo kwandainge ndakamira. Hezvo, maziso ake akange asiri pandiri. Ndakashaya kuziva kuti chingave chii chaicho chakange chabata meso emwanasikana pahwindo rakavharwa neketani? Kuti aiona zvinhu zvaive kurekure, kwazvo? Kuti aishambira mudziva repfungwa? Tingati here akange ofunga mutoro waakange azvipira kutakura, asi wave kumuremera? Zvichida akange ave kuzvidya pfungwa nekundiburitsa kwaachandiita papuroti pakange pazere ngwena dzain'ara. Zvaakafambisa uso hwake takabva tatarirana. Ndakaona kuti zvakamutambudza, ndokuchimbidza kudzora uso hwake achitarira kurutivi. Hezvo akange ave kubata minwe yake yakange yakati nyakata, nemisodzi ndokuinan'anidza achiita seanoiverenga. Akagonyanisa muunwe wepakati ndokubva warira kuti pwaka, seanovhuna kamuti.

"Simba." Akadaro Shamiso nenzwi rakanyorovera akatarira minwe yake. "Ndinoda kukuti ruregerero pane zvese zvawakasangana nazvo pano papuroti. Nguva yese iyi yandanga ndakati zi-i, ndange ndichiedza kufunga kuti ndokuudza sei zviri mumwoyo mangu, asi zviri kundinetsa."

"Shamiso, usazvinetse hako. Hapana nyaya apa. Ndinoshuvira kwazvo kuti dai ndangobuda pano papuroti ndichiri mupenyu. Zvimwe zvese izvo handina basa nazvo."

"Ndazokuyeuka ufunge." Akadaro Shamiso uye, ndokubva ndaenda ndikanomira pedyo naye ndichivavarira kunzwa zvese zvaaida kutaura.

"Ufunge zvako, ndati kunun'unu kufunga kuti ndakamboona munhu uyu kupi chaizvo, ndikashaya. Ndati rangarirei ndikagonyatsocherechedza, ndikaona chiso chako chichiuya kashoma nekashoma, mushure ndakuziva. Chokwadi ndiwe chaiye chaiye mukomana akandibetsera wandiri kutaura naye."

"Shamiso, wandifadza zvikuru nemashoko ako."

"Simba ndave kuzviona kuti wakatadzirwa zvikuru nevanhu vepano pamusha. Vakakurova vakasiya mavanga ausingafi wakakanganwa muhupenyu hwako nekuda kwangu. Iniwo ndawedzera mamwe marwadzo kwauri nekusaziva zvakaitika pawakauya neni kuno ndakakomoka. Ndakanyeberwa zvizhinji pamusoro penyaya yako. Vanhu vaisada kuti ndizive zvakaitika uye kuti uchiri pano senhapwa.

"Nyaya yako yandibata-bata zvikuru muhana mangu. Imhosva huru iyoyo yakaparwa nehama dzangu. Ukanomhan'ara nyaya yako, chokwadi ndiri kuona vanhu vachikugwadamira vachikumbira ruregerero. Ndiri kuvaona vachipfigirwa mujeri kusanganisa naivo baba vangu.

Ndichitaura chokwadi chizere, hunhu hunoitwa nababa handiwirirani nahwo. Asi kungoti hazvo baba ndibaba havashanduke. Nguva zhinji vanokakavadzana nevakomana vanovashandira nekuda kwemari. Sekuru vanombotaura, votaurazve, asi vanoita sevanotaurira asina nzeve. Vanodya chemupfupi nekureba. Zvinonyadza kuti vakakurova pamusoro pazvo ndokukuita nhapwa."

"Shamiso, zvitete izvo. Rega zvipfuure. Ufunge mukukura kwangu ndakasangana nezvikukutu kupinda izvi zvekurohwa kwangu pano nemagadhi ane misoro bhangu. Inyaya diki-diki iyo. Ini ndakaona zvinji uchindiona ndakadai. Unozviramba iwe kuti handina vabereki."

"Hauna vabereki? Ko, inga paye wati wakadzidza wani!"

"Hongu kudzidza ndakadzidza hangu, asi ndakaendeswa kuchikoro nemutorwa. Ndichikura upenyu hwaingove hwegwakumukwaku chete. Chekudya nechekupfeka yakange iri nhamo huru. Ndairohwa neshamhu dzaipuwa mazita. Dai ndisina kutiza nhamo, ndingadai ndichiriko kupurazi ndichingokwangwaya.

"Ndakarerwa nemunhu wandisina ukama naye mushure mekunge anzwa nhoroondo yeupenyu hwangu. Baba vangu ivava vakanditaridza gwara kwaro rekufamba muupenyu. Ndakaendeswa kuzvikoro zvinodhura kunyangwe zvazvo ndaisava mwana wavo wekubereka. Vakandidzidzisa chinhu chikuru chekuti mutorwa haanzi enda, asi kuti gara tidye. Vakandiraira, zvekare kuve munhu anonyarara kana mumwe achitaura. Ndigotaura kana iye apedza.

"Uchindiona ndakadai, baba vangu vekundibereka handivazive pamwechete naivo amai. Vandaiti baba vakandiramba vachiti handisi mwana wavo. Ndakatiza pamba ndikanogamuchirwa pamusha wemutorwa iyeye muno muChristonbank ndichiri mudiki kwazvo. Ndichiri kuzviyeuka ndichipiwa nhamba yerunhare rwababa ivavo nemumwewo munhu wandisina ukama naye kuti ndinopotera kumba kwake. Zvinhu zvakange zvaminama kumba kwandakazvarirwa. Handizive kuti munhu akandirera uyu ndichamutenda nei chaizvo."

"Hei, inga wakasangana nezvakaomarara mukukura kwako."

"Shamiso, zvinonzi amai vangu vakashaya ndichangozvarwa."

"Saka baba vako vapenyu, ndizvoka! Ndanzwa uchiti paye wakanochengetwa nemutorwa, ivo varipo. Ko, zvakafamba sei ipapa?"

"Baba vakandiramba ufunge zvako. Zvakaoma sei kuti munhu waunokura uchiti ndiye baba wekubereka fume, mangwana oti hausiri mwana wake nekuda kwegwaro reDNA rakabuda mushure mekutorwa kwatakaitwa ropa. Ufunge, ndakave chiseko chenyika kurambwa nevanhu vandaiti ihama dzangu. Mazuva iwayo ndakashungurudzwa zvisingabviri. Ndakarwadziwa, asi ndakazvigamuchira zvese mumaoko angu ndichiri mudiki kwazvo.

"Shamiso, rega ndikuudze chimwe chikamu chenhoorondo yeupenyu hwangu ndichiri mudiki.

"Ini ndiri zinyarimwe,zai regondo. Vamwe vachiti mwana mumwe, paswerameso, mombe yemuchena. Ndakaberekerwa kupurazi rainzi Jojo rir imumugwagwa mukuru unobva muHarare uchienda kuMazowe. Pedyo nepaHenderson ResearchI nstitute. Amai vangu vakashaika musi wandakazvarwa. Babav aive muzvinapurazi, hurudza chaiyo yaive nembiri munyaya dzekurima.

Sezvineiwo, zvakashaya amai, baba vakawana mumwe mudzimai wechidiki ndave nemakore matanhatu. Mainini havana kuzvara mwana sekuziva kwangu. Ndakazoziva zvizhinji mukufamba kwenguva kuti pakati paamai nababa paive nedambudziko rembereko.

Nguva zhinji ndainyimwa chekudya nevabereki. Ndaidya zvekupungurirwa. Kana ndichinge ndapuwa chikafu, ndainodyira panze seri kwemba vamwe vari mumba. Vaisada kuti ndidye ndakagara navo panzvimbo imwechete. Ndiri seri ikoko kwemba, ndaishevedzerwa ndiro dzevamwe vainge vakonewa kupedza chikafu chavo. Nekudaro nguva zhinji ndaiswera nenzara. Kurohwa uku, ndiwo akange ari magariro. Ndairohwa neshamhu dzaive nemazita, nemitupo sekuti Shumba, Makwiramiti, Marunga...

Chakandishamisa apa ndechekuti ruvengo rwavo kwandiri rwakangonyuka, seronda renhuta kana kuti katuruturu. Kuita zviya zvekufumomuka wanike gomo razara nehoha hwedindindi. Upenyu hwakazondivavira semhiripiri ndave nemakore gumi nemaviri ndapedza gwaro rechinomwe. Mari yekuti ndipinde chikoro chesekondari yakashaikwa. Zvakandinetsa kuti muzvinapurazi chaiye anoshaiwa mari yekuti mwana aenderere mberi nechikoro nemhaka yei? Ichokwadi here ichocho chairehwa? Ko, mombe, mombe, mbudzi nehwai zvadzaingove fararira mupurazi? Ko, zvino mari yekuti ndiende kuchikoro yaigoshakwa sei?

Baba vakazoti ndipinde chikoro chesekondari chaiive mupurazi ravo. Shamwari dzangu dzakaoma mbabvu vachindiseka sezvo ndakange ndadzikunda muzvidzidzo zvegiredhi yechinomwe. Ivo vakawanirwa nzvimbo yechikoro nevabereki vavo pachikoro chevakomana cheMazowe. Chikoro ichocho chaive nemukurumbira

munyaya yedzidzo yakanaka. Zvakanditambudza, asi chekuita pakange pasina sezvo ndaive mwana. Ndakaenda zvangu kuchikoro chemupurazi rababa nevamwe vana vaipfekawo marengenya nezvibhutsupopai, sezvangu. Zvibhutsu izvozvo ndichiri kuzviyeuka, zvainge zvakati bvaru, parutivi zvakatarisa
mudenga..

Rimwe zuva ambuya, amai vababa, vakatishanyira kwemazuva akati kuti, sekutaura kwavo. Vakange vane nyaya huru kwazvo yavaida kukurukura nababa. Mumwe musi tigere zvedu mumba munguva dzamanheru ambuya vakandidzingira panze. Vaisada kuvhiya chidembo mumaziso angu ndakatarira uye nzeve dzangu dzichinzwa. Vakasara zvavo vari vatatu, ivo baba, ambuya naamai. Apa hana yangu yakarova. Ndakange ndazviona nechekare kuti nyaya yaida kukurukurwa yaive nechekuita neni. Ko, ndakange ndapara mhosva ipi chaizvo?

Zvandakabuda mumba imomo ndakapuwa mamwe maziso navanhu ivavo andisingakanganwe muupenyu hwangu. Tsamwa dzakarira shure kwangu zvandaienda panze. Tsamwa idzodzo ndidzo dzakazondituma kuti ndisaenda kure. Shungu yekuda kuziva nyaya yaida kukurukurwa yakandimona. Ndakati kwete, hakuna kure kwandichaenda. Kana kuri kuwanikwa zvangu ndakazendama pamadziro emba ndichiteera nhaurwa yavo, zvaive kwavari kuti vaite zvavaida neni. Ndakanoti kwati, nzeve dzangu pagonhi remba yekubikira ndiye zi-i, zvangu. Ndimire ipapo ndakanzwa mashoko akandibaya pamwoyo chaipo.

"…ehe. Asika, iwe wakati muchanotorwa ropa mose nemwana wako uyu Simba. Ko, zvakazoitwa here izvozvo naidzo nyanzvi munyaya dzezveDNA? Nhasi ndinoda kuziva kuti Simba mwana wako here kana kuti ndewekunenedzerwa?"

"Ichokwadi, zveDNA zvakaitwa svondo rapera paseri. Takaenda kuHarare naSimba wacho ropa redu rikaongororwa. Ndichitaura kudai ndakapuwa gwaro rezvakabuda muongororo yavakaita svondo rapera."

"Ko, kunyarara ndiko kuti kudii nhai mwanangu?" Vakabvunza ambuya. "Isu tamirira kuziva kuti Simba uyu mwana wako here kana kuti kwete? Zvinotirwadza isu vabereki vako kana tichinzwa nyika yese ichiti, unorera mwana asiri wako."

"Ndichakuudzai zvakabuda muongororo yakaitwa mukufamba kwenguva. Pari zvino ndipei nguva pane zviri kuitika."

"Uchatiudza rini, Jekiseni?"

"Ehe-e, ndichakuudzai amai! Chimirai mugonzwa kwandiri."

"Nhaiiwe Jekiseni, chii chaizvo chinokudariso? Kugarwa here nhai mwanangu?"

"Mhai, pane zvandisina kunzwisisa muongororo yeDNA yakaitwa. Yakandisiya ndine mibvunzo yakawanda. Zvino ndino…"

"Zvausina kunzwisisa zvei?" Ambuya vakagamha baba vasati vapedza kutaura.

"Ehe-e, pane zvandisina kunzwisisa. Ndakaona sekuti…"

"Iwe Jekiseni vhura maziso ako mhani uzvionere woga kuti Simba uyu haasi werudzi rwako! Iwe uri mutema, iye mutsvuku. Iwe une mahobi, asi iye ane mapfeka. Zvekare mitsara iri muruoko rwako yakasiyana neyake. Ehe-e, ndakazviongorora izvozvo ndikazvibata. Asi zvese izvi hauzvione here nhai mwanangu? Mudzimai wako uya akashaya, yaive pfambi yamakoko. Hapana asingazvizive kuti aipinda-pinda nemudhara uya anogadzira matarakita pano papurazi."

"Imi amai, musataura muchidaro. Mwoyo wangu uri kubvira mwoto chaiwo. Nyaya yaSimba yandishaisa hope, chokwadi."

"Ehe, rega nditaure Jekiseni kuti shungu dzangu dziserere. Zvinoita sekuti hauna kukwana kana uchirera mwana asiri wako, iwe uchizviziva. Zvinoita here kuti uriritire gora risina mutupo? Hauzive kuti rinokupandukira masikati machena?"

"Zvakwana mha! Ndini ndaka…"

"Regedza nditaure. Chiona upfumi hwauinahwo, unoda here kuhusiira mutorwa kana uchinge wafa? Une chokwadi here Jekiseni?"

"Zvinonetsa izvi mhai."

"Zvino chii chakabuda muongororo yeDNA? Taura!"

"E-e, gwaro ravo rinotaura kuti Simba haasi mwana wangu. Asika, ini ndinoona sekuti pakakanganiswa. Zvino ndinoda kuti vadzokorore zveka…"

"Baba we'Shiri!" Vakakanuka ambuya vachigamha baba vasati vapedza kutaura zvavaida. Vakaombera maoko ndikavanzwa vachidzana pasi. "Zvabuda pachena nhasi. Nyaya iyi yapera. Hakuna kudzokororwa kuchaitwa. Iwe chigamuchira zvakabuda muongororo iyoyo yakaitwa nenyanzvi dzeDNA. Wochirega zvako zviya zvekutyorera zvitanda munzeve. Ukadaro, chokwadi unokwidza BP yangu."

Amai ndakavanzwa vachiti. "Mufunge zvenyu tinosekwa nevanhu vemuno mupurazi nekuda kwaSimba uyu. Vanhu vose vanozviziva kuti baba vake ndiMakanika mudhara anogadzira matarakita. Ndinotenda ongororo yakaitwa navanamazvikokota eDNA kuHarare."

"Iwe Jekiseni!" Vakadaro ambuya, nenzwi raive pamusoro." Uchiri kuyeuka zvakaitwa vaTsapi kumusha uko zvekukunguzhurwa nedemo nemubvandiripo waakarera? Nhaka, uchatiparira ngozi iwe. Ko, mwana iyeye akarwara unomuteketera uchitii? Hezvo, wakamira saani? Mutupo kana chidau chake unochiziva zvawakati mha, ipapo! Aikazve! zvemashiriapungana pano handidi zvangu. Nhasi ndinoda kuti umu ende sekuna baba vake Makanika kana uchida kuti tiwirirane pano."

"Ndicha…Ndicha…Ndicha…"Vakadaro baba vapererwa namashoko

Handina kumirira kunzwa zvakazorongwa navanhu ivava. Pahuro pangu pakange pamera bundu guru raifamba richikwidza nekudzika. Ndakabuda mumba umu ndiri mhepo chaiyo. Ndakanoti gedye, pagedhi ndiye bara ndakananga kurwizi Maguta rwaidira muna Mazowe. Ndakange ndazvipira kuti upenyu hwangu huperere mumuromo memakarwe airuramo.

"Ko, vairevei chaizvo vanhu ivava zvavaiti ndiri mwana wamakanika mudhara anogara mukomboni? Ko, chii chaizvo chinonzi DNA?" Mibvunzo miviri iyi yakaramba ichidzoka mundangariro dzangu.

Ndichangoti sususuru, kusvika mumahomberekedzo erwizi Maguta, ndakafambisa ndichienda paye pakakwirira. Ndasvikapo ndakamboti mirei kwechinguva ndichitura mafemu. Ndaida kuita yataiti vhirimonemone ini neshamwari dzangu. Nguva zhinji taitambira panzvimbo iyoyo tichisvetukira mumvura tisina kupfeka nhumbi, asi taitanga nekukwakuka mudenga tichitenderera sevhiri remotokari. Taizonanga pasi mumvura mumwe nemumwe wedu achiratidza unyanzvi hwake hwekudhigidha. Tainobaya mvura takati twi-i, semuseve.

Ndisati ndadii nekudii kwose, ndakasairirwa kwakadaro nemunhu wandainge ndisina kuona achisvikapo. Ndakanoti ngondo ngondo, mumadhaka akange azere mukati metsanga dzakange dzakati chechetere, mumahombekombe erwizi. Akange ari mudhara Shoti airedza hove neduwo. Aive sahwira wedu.

"Iwe Simba ndiani chaizvo anombobika ndari mupfungwa dzako? Une chokwadi kudhigidha murwizi munguva dzino dzeusiku? Hauzive here kuti nyoka yakaswerera ichipinda murwizi Mazowe ichibva mugomo Mbeve yakaonekwa zvekare murwizi muno ichifamba munguva dzino dzeusiku ichitsvaga hadzi yayo iri mun aMaguta?"

Handina kuvapindura. Ndakati nyinu-nyinu, ndakavatarira namaziso azere nemisodzi. Ndisati ndaziva chekuita ndakasimudzwa mudenga sesaga rizere nemufushwa wenyemba ndokunotsvetwa pasi munzira yainanga kumba. Mudhara Shoti akatarira mudenga ndokutarira pasi. Vakatsikitsira musoro wavo pasi ipapo ndokuita zidenderedzwa mujecha nezvishangu zvavo zvaiburitsa minwe miviri nepaburi.

"Chiona iwe Simba, ndange ndichida kuenda newe kumba kwenyu ndichinokusiya mumaoko amudhara wako. Zvino uuu ndazofunga kaviri. Ndave kutyira upenyu hwako .Jekiseni anogona kukuponda akaziva zvawanga uchida kuita muna Maguta."

"Kundiuraya?"

"Hongu! Kukuendesa kwamupfiganebwe chaiko!"

"Ko, sei madaro vaShoti?"

"Uri sahwira wangu iwewe. Kana ndafa zvichida ndiwe uchapinda neni mugomba."

"Taurai nyaya yenyu vaShoti."

"Simba usati bufu, kunaani zvake zvandinoda kukuudza. Zvino ndirwadza kwazvo ndichiona upenyu hwako huchiondomoka Simba yekumahumbwe. Vanhu vazhinji havasi kufara nemararamiro auri kuita.

"Hona, wakapasa kwazvo giredhi yechinomwe ukabuda nezvipodza zvishanu mubvunzo yeZIMSEC. Zvino Jekiseni ndipo paanokuendesa kuchikoro chemukomboni munhu ane mari yakadaro! Pane chinobuda chakanaka pachikoro chine varairidzi vatatu vanoswera vachitamba tsoro pamushana? Kuitawo here ikoko, vakomana!"

"Hazvina hazvo mhaka, ndipo pandave kudzidza."

"Usati hazvina mhaka. Iye Jekiseni haasi kuzviona here kuti ari kutambisa pfungwa dzemunhu ane chipo chekugona muchikoro?"

"Handingazivi ini. Ndodini ndiri mwana?"

"Zvandinoda kukuudza usazviti bufu, kuna ani zvake."

"Taurai nyaya yenyu ndakateerera."

"Unoziva here kuti Jeskiseni haasi baba vako?"

"Kwete, handizivi ini! Ko, munorevei kana muchiti havasi baba vangu?"

"Baba vako ndiMakanika. Iwe uri nhiriri yakarerwa mumurara. Nhasi chaiye ndambokurukura naJekiseni pamusoro penyaya yako. Ndinoona sekuti achakuendesa kuna Makanika. Asika, ini ndinoona sekuti Makanika wacho haazvi bvumi izvozvo. Anotya kuripiswa naiye Jekiseni nekukurera kwaakaita. Nyaya iyi yakatooma kupinda damba."

"Zvino ndodini, zvazvadai?"

"Ko, wakarovererwa hoko here?"

"Kwete."

"Zvino chibva pamba ipapo nekuchimbidzika."

"Imika! Munoda kuti ndiende kupi vaShoti? Handina vamwe vanhu vanondiziva kunze kwababa, amai naambuya vari kumba. Ava vanatete vangu havachandifarira mazuvano."

"Tiza uende kuHarare, kure nevanhu ivava."

"Upenyu hwazondiomera, chokwadi!" Ndakadaro misodzi ndokuzara pamatama angu. Semunhu mukuru vaShoti vakazviona kuti ndakange ndaparara neshungu. Vakandivhumbamira sehuku iri pamazai. Vakandirega kwechinguv andichipfikura kusvika shungu dzangu dzati mbombombo. Vakabvarura kabepa kaipeperetswa nemhepo ndokuzvomora penzura yaive mubvudzi ravo rakange rakati ungaunga, nezerere. Vakanyora nhamba dzerunhare ndokundisvitsa kabepa kaye.

"Idzo inhamba dzeserefoni yemuzukuru wangu anogara kuChristonbank pedyo neHarare. Muzukuru wangu uyu, munhu kwaye. Uyezve imhene chaiyo. Ane hupfumi hunotyisa. Ndoona sekut ianosvikokugamuchira pamba pake."

"Kana zvakadaro, zvakanaka. Chiregai ndiende zvangu ikoko ndinogara navo."

"Ukadaro chete Simba unenge wagona kwazvo. Ndichakurukura naZivai parunhare nhasi manheru. Ndichamuudza nhoroondo yeupenyu hwako. Kana uri munhu ane dzakakwana, unofanirwa kurova pasi mangwana chaiwo, utunga husati hwatsvuka. Ndadaro nekuti ukaonekwa chete naJekiseni uchitiza pamba, pako papera."

Ndakatambira kapepa kaye ndokuisa muhomwe. Ndakambofunga kwechinguva ndikaona kunaka kwaMwari. Ko, VaShoti vakange vandibvira nekupi?

"Zvamaita izvi, handizvikanganwi. Ndinokutendai zvikuru nekuti mandiita munhu nhasi VaShoti."

VaShoti vakaseka zvavo ndokubva vati. "Ndiri munhu Simba. O-o, chitambira mari iyi ndeyebhazi. Madhora makumi mana chete. Imari yehove dzandinobata muna Maguta ndichitengesa. Ndiyo chete yandiinayo. Mari zhinji iri muzvikwereti. Asika, ndinonyora mazita evanhu vandinokweretesa.

"Simba, kana wave kuenda usakanganwe mapepa ako ekuchikoro. Ndinoona sekuti, chikoro chichave nhaka yako yemangwana. Pano neapo, ndichange ndichiuyako ndichikuona sasahwira wangu kudai."

Uku ndiko kuuya kwandakaita muHarare ndichigara kuChristonbank naVaZivai muzukuru wavaVaShoti. Vakandigamuchira pamusha wavo namaoko maviri ndokundibata semwana wavo. Ukuwo kupurazi, hakuna munhu mumwe chete zvake akafunga kunditsvaga. Ko, vainditsvagirei ivo zvavo zvakange zvavabva? Ndakaenda kuchikoro chesekondari ndokubudirira zvakanaka. Ndakazoita zvidzidzo zveElectrical Engineering paUZ ndokupedza nevamwe. Upenyu hwangu hwainge hwashanduka, sekuseka. Zvino ndakange ndave kutsvaga basa namaziso matsvuku.

Ndapedza kupa nhoroondo yeupenyu hwangu Shamiso akarwadziwa zvikuru nenhamo yandakange ndasangana nayo mukukura kwangu. Mwanasikana wakadzungudza musoro ndokunditarisa achibva ati. "Simba, chirega ndiende ndinouya nemotokari tibude pano papuroti kunze kusati kwaedza."

Chitsauko 16

Shamiso akange aita hwebete rakawira mumukaka. Zvinokufema chaiko ndakange ndichisakwanise nekuda kwebundu rekushatirwa rakange rave kufamba-famba pahuro pangu. Chokwadi, shungu dzinomona kana musungo wapotsa. Ropa rakamhanya zvine simba mukati metsinga dzangu. Imika imi, Shamiso akange anditamba dzekumahumbwe. Ainge andivimbisa kuti aizochimbidzika kudzoka ku*Library* zvaakabuda achiti anotora motokari yake kuti tibude papuroti kunze kwakati tsva-a. Zvino Nyamatsatse, nyeredzi inoedzerwa yakange yanyura kare kare. Utunga hwakange hwave kutsvuka kumabvazuva. Hezvo, zuva raizoti karakata, kubuda munguva pfupi yaitevera. Magadhi nevashandi vepapuroti vaizondiona ndichiritaira muno mu*Library* zvichizoita kuti ndibatwe masikati machena.

Ko, *zvino chii chakange chave kuitika munhu zvaakati nya'a, achikanganwa nezvangu? Kubva aita museve waenda neuma achiti ndinozvifambisa sei kunzezvakwave kuedza?*

Ndaifamba-famba mukati memba ndichisakwanise kugara pachigaro. *Ko, chii chakange chamubata ikoko iye akabva muno machongwe emurirakamwe asati akukuridza? Ko, inga wani ainge aronga zano rake rakanaka rekubuda pano papuroti nemotokari yake kunze kuchakati njenjenje. Kuti zvaakasvika kumba ikoko akasvikonditengesa kumagadhi? Kuti vakange vave kumirira kuti kunze kuedze vagowana mabatiroavanondiita? Kuti Shamiso akange asina kuzvibvuma zvese zvandainge ndamuudza? Kuti angafunga achidaro iye achida ndarira yake yaive na*Julias? Chokwadi, zvangu zvaive zvemashavi chete.* Ndakabva ndati buswa, zenda pachigaro misodzi ichierera.

Ndichiri kuzvidya pfungwa kudaro, ndipo pandakanzwa ruzha rwemotokari yaitinhira ichiuya ku*Library*. Mwoyo wakanyevenuka. Ndakasimuka pachigaro nekuchimbidzika ndichinotarira panze nepahwindo. Ndakaona motokari yerudzi rweToyota Hilux GD6, ino mbishi chaiyo, yaipenya ruvara rwayo rwedota. Yakange isati yapuwa nhamba pureti. Pane kuti ndifare ndichipembera, hana ndipo payakatanga zvayo kuti guka sechigayo ndave kutyira kufutwa. Ndakazviramba izvozvo kuti Shamiso chaiye,nezvaari zviya kutiangatyairamotokari yerudzi rwakadaro. Kwete, haisi motokari yaShamiso. Muviri wose wakati nyakata neziya ndave kutyira upenyu hwangu. Ndakadzosera ketani panzvimbo paro ndokubata muromo ndichinoti pachigaro gojodo.

"Chokwadi mugonhi ana mugoni wake. Ticha naOscar vauya pamwechete nemagadhi kuzonditsiva yandakavatamba nezuro madeko. Vandifuta ndakavarairwa." Ndakadaro ndakabata pamuromo uku maziso akabuda kunze sedatya rabatwa pachirauro." Ya-a, Shamiso ndiye anditamba dzekumahumbwe. Andibikisa sadza remadhaka raasingadye pasina mvura yekugeza maoko. Hondo yauya zvino ndakavarairwa. Ichokwadi kugona mbavha, kuirongera. Zvichida vanaTicha vauya nepfuti kuti ndisawana matiziro. Chiregai vapinde muno zvavo vanditore."

Motokari ndakainzwa ichinoti zvayo tsvi-i, pamukova we*Library*. Mukati memba makange musina nzvimbo yekuti munhu ahwande asingaonekwi. Pasi petafura paive pagwenga chaipo, zvekuti vachingozarura gonhi vaitanga nekutarira ipapo vachizondibata masikati machena. Iye zvino ndakange ndaneta nekutiza. Asi nyaya yekubatwa kwangu yakange isiri itsva. Inga magamba akarwira rusununguko rwenyika ino vaimbosungwawo wani hondo yaminya. Ko, ini ndini ndadii? Iye zvino ndakange ndaneta nazvo. Rushavashava rwangu rwakange rwongoti neni nama nama, kasingaperi.

Goni rakati bherengende, kushama ndokuona aikazve, ndiShamiso akapinda mumba ari ega zvake aine nhumbi dzechirume neshungu mumaoko.

"Simba," akadaro Shamiso achindisvitsa nhumbi muruoko, "baba varwara zvakanyanya. Zvino takavaendesa kuchipatara chikuru cheku 24/7 husiku hwazuro. Ndinoti ruregerero ndanonoka kudzoka. Ndinoziva kuti wanetsekana zvikuru nekunonoka kudzoka kwandaita. Iwe chitora nhumbi idzi unopfeka tibude pano zuva risati rabuda. Ndinoda kuti uende neni kune munhu ane ndarira yangu."

"A-a-a, Shamiso wadirei kudaro?"

"Pane chakaipa here tikaenda tese?"

"Hongu. Handione sekuti izano rakanaka rekuti iwe usvike kuna Julias. Ndinoona sekuti pane hondo iripo pakati pababa vako naJulias. Shamiso zvizive izvozvo kuti, mwana wenyoka inyoka. Wasvika ikoko, chokwadi hamuzowirirane naJulias."

"Saka uri kutii?"

"Ko, wadii wamirira kudzok akwangu pano ndiine ndarira yako. Hondo iripo apa haisi yekutamba nayo kwete, ine ropa mukati. Iwe chirega kupinda mairi. Waita mutete. Ndinoona sekuti haichada venyamanhete, sewe kudai. Ini ndazvipira semurume kuti ndisvike kuna Julias nechikwata chake ndinotora ndarira yako."

"Asika, ini handione Julias achikupa ndarira. Haakuzive. Achati kwauri, unei nazvo pahuku yemueni?"

"Shamiso usazvinetse hako. Ndichatangirawo ipapo, ndasvika ikoko. Iwe chitarisira kudzoka kwangu chete."

"Ndinotenda nekundvimbisa kwawaita."
Nemashoko iwayo, Shamiso akabva ati mwi, ndokurongedza
mabhuku ake achimadzosera panzvimbo pawo pamasherefu.

Ndakapinda mukati meimwe imba ndokuzobudamo
ndakapfeka nhumbi dzandainge ndavigirwa. Nhumbi
idzodzo dzainge dzakanoti kurei, kubva ndaita sechipopai
chemunhu. Zvichida dzaive nhumbi dzasekuru vaShamiso.
Izvi hazvina kunditambudza. Chandaingoda chete panguva
iyoyo kubuda papuroti paSilas ndichiri mupenyu.

Motokari zvayakatinhira yakananga kwaive negedhi, mweya werufaro wakapinda mandiri zvishoma nezvishoma uchiita seutsi hunopfungaira wakananga kudenga. "Ndini here chokwadi ndakange ndave kubuda muunhapwa hwaSilas ndiri mupenyu?" Mubvunzo uyu wakaramba uchidzoka mundangariro dzangu. Hana yakange yave kugadzikana zvino ichiita semvura yemuchitubu yakange yabvongodzwa. Rusununguko rwandairwarira rwakange rwave pedyo kuwanikwa zvekuti, munguva pfupi yaitevera ndaizobata denga rechinomwe ndichipemberera kuve panze. Motokari zvayaifamba kudaro ndakange ndave kuringa-ringa, ndichitarira magadhi vandaityira kuti vaizodzivisa Shamiso kubuda neni pagedhi.

Muchivanze maingove nevashandi vaimhanyira kumabasa avo vaine mapadza. Vamwe vashandi vakange vatopinda mumunda wechibage chakange chasvika mumabvi chavaisakura. Vamwe vainge vatobatira miforo yavo mumwe mumwe. Ndaikwenya mhuno nekasiyanwa ndichingoti dai zvangu zvaita, ndabuda papuroti paSilas ndisina kuwirwa nedambudziko. Zuva rakange richangoti kata, kubuda. Rino rakatsvukuruka semwoto richipangidza kupisa kwaizoveko pazuva iroro. Raive hombe renguva yemuchirimo raibuda serisina simba, asi kungoti karakata, kwaro raizosiya miranzu yaro yave kuchemedza veruzhinji.

Ndakatarira gedhi raive kachinhambwe mberi kwataienda, musoro wangu ndokutanga kuita chahwiriri. Zvichida magadhi akange akatimirira ikokoakaita zvawo zviya zvekudzikamira vachida kuzotifuta tasvika pagedhi. Mibvunzo yakauya zvekare mumusoro mangu. Ko, ndiani aizozarura gedhi iroro? Chii chaizoitika kana motokari ichinge yamiswa pagedhi?

Ndakatarira mumwe wangu ndichida mhinduro kwaari. Zvichida akange aine mhindiro pamibvunzo yese yakange yave kunditambudza zvikuru. Shamiso akacheukira kwandiri ndokubva tatarirana. Achiita sekuti akange afembera zvainditambudza muhana mangu, akatora karimoti kaive pakati pezvigaro zvemumotokari ndokubuditsa ruoko rwake panze. Akati kete, achibaya kabhatani katsvuku kaive parimoti uku akanongedzera pagedhiraienda kurutivi rwechidziro chemudhuri richinoti zvaro haradada, kushama.

Ndipo pandakanzwa tsviyo tsviyo, mheterwa ichibva shure kwemotokari. Ndakati cheu, ndokuona aikazve, zvaakange ari magadhi epapuroti vaidididza vachiuya kugedhi sevakagarwa nemweya wetsvina. Imbwa dzavo vanaKusafunga naManjenjenje dzakange dzatosvika pamotokari dzichin'ara zvikuru. Dzaivavarira kuruma mavhiri emotokari dzichitadza.

"Shamiso! Misa motokari yako nekukasika! Takuona, uri kubuda naBhanditi watiri kutsvaga namaziso matsvuku. Ko, uri kuzvifambisa sei? Zvino Bhanditi hakuna kwaanoenda! Ndati misa motokari yako, Shamiso!"

Shamiso haana kuita shura nazvo. Mwanasikana akaridza tsamwa, ndokushandura magiya emotokari achiita seanopotsera dombo renhodo mudenga. Motokari yakavhunduka ndokushandura ruzha ichivhetemeswa ichiburitsa chiutsi chakange chakaita seruvara rwemarasha. Yakabhururuka seshiri ichinoti pagedhi pfacha. Haina kumirapo, yakati hutu, muna Maputi ndiye tsvi-i, kumira panzvimbo paye panosangana migwagwa miviri. Mwanasikana waipa mukana kumotokari dzaifamba mumugwagwa kuti dzidarike uku akati zvake ndi, kuruma muromo wezasi achifemereka. Hezvo, mwanasikana akange akatsamwa zvekuti huya muone, kuita zviya zvekuzvimbisa matama ake.

Ndakacheuka shure zvekare ndokuona magadhi ave pedyo kusvika pamotokari vachidya magaka mambishi. Zvichida vaifunga kuti zvimwe Shamiso achamisa motokari yake ave kunze kwegedhi. Aikazve, vakazoshamisa miromo sezvigatawa vachiiona yati hutu, yapinda mumugwagwa muna Maputi Drive. Vakadididza ndiye tote, kumira pakati pemugwagwa. Vakadzungudza misoro yavo vachiona motokari ichicheka zvayo mhepo yakananga muguta.

Pagedhi pakange pakanyorwa nemavara egoridhe ekuti Silas O. Mavhengere, 149 Maputi Drive. Nzvimbo iyoyo yakange yakashongedzwa zvainwisa mvura. Tsangadzi yainge yakasvibira senhandare yenhabvu. Maruva emhando zhinji ainhuwirira zvaifadza zvikuru. Vavengi vangu vaida kundiponda panzvimbo iyoyo vachiti ndakange ndiri Bhanditi mhondi yemunhu. Chokwadi zvaizotora nguva huru kuti ndikanganwe nyakanyaka yakaitika pagedhi ipapo. Chokwadi, ndakange ndapona nepaburi retsono.

Tichangoti fambe fambe serefoni yaShamiso yakarira iri pakati pezvigaro zvemumotokari. Ndakaitarira ndokuona zita remunhu aifona rakanyorwa kuti, SEKURU. Shamiso akamboridza tsamwa, asina kuita hany'a yekutarira zita remunhu aimufonera. Zvichida aifunga kuti aive magadhi ekumba aida kumufurufusha nehunhu hwaainge asiya aita kumba. Serefoni yake yakasvika pakunyarara. Gare gare, iyo zvekare yarira. Iye zvino akaitora ndokuitarira. Akatsaukira kurutivi rwenzira ndiye tsvi-i, achimisa motokari yake.

"*Hello!* Ehe-e, ndini Shami. Kwakanaka here sekuru? Imi sekuru musandiudza! Mune chokwadi? Mati baba vaita sei? Nguvai? Baba vangu kani! Ko, mavaita sei zvakare? Zvamboita sei, chaizvo nhai imi? Baba vangu va...!"

Shamiso haana kuzoenderera mberi achitaura paserefoni yake. Akairegedza ndokubva yanoti pasi kwatara sevhunze rine mwoto. Mwanasikana akachema kwenguva huru akati gojodo, pachigaro chemumotokari. Handina kumirira kuudzwa zvakange zvaitika. Baba vake vainge vashaya kuchipatara. Ndakamurega achichema kusvika shungu dzake dzati mbombombo. Iko zvino akange ave kupukuta misodzi nekachira, maziso ake ashanduka kuve matsvuku-tsvuku. Ndakaswedera pedyo naye ndichimunyaradza.

"Ndine hurombo Shamiso. Chirega kuchema, Mwari vaita sekuda kwavo. Ko, vashaikira kupi baba."

"Zvanzi vashaya kuchipatara che24/7 kuma 6 dzemangwanani. Ufunge, amai zvavaudzwa nezverufu rwababa vabva vawira pasi vafenda. Sekuru vati amai vapiwa mubhedha zvekare kuchipatara ikoko. Pari zvino vachigere kumuka. Chiuya ugare pano utyaire motokari unondisiya kumba. Iwe wochienda muguta wega."

"A-a, kwete Shamiso! Ko, tadii tanotsvaga ndarira yako mumwe musi zverufu rwababa zvadarika?"

"Hazviite zvauri kutaura Simba. Iwe chienda wega nemotokari yangu, asi udzoke kumba mangwana kana waiwana. Simba ndinoona sekuti iwe uri munhu akavimbika. Pane zvandadzidza pauri. Ndayemura hushingi hwako. Rega tigotaura nyaya iyoyo wadzoka. Zvino ndinoda kuti ubate motokari yangu zvakanaka. Tarira uone ichiri itsva."

"Shamiso, ungabva wavimba neni kusvika pakadai? Une chokwadi here nezvauri kuita isu tisati tazivana kudai? Hauone here kuti wave kundipinza pamiyedzo?"

"Hapana miyedzo apa! Iwe chiita sekuronga kwatakaita madeko. Chinouya, chinoona inini. Tora kapepa aka, kane nhamba dzeserefoni yangu. Undifonere ndigoziva paunenge uri."

"Kana zviri izvo zvawafunga, zvakanaka. Kungoti hazvo nyaya yangu ichiri kupisa kumba kwenyu. Handidi zvangu kukupesanisa nehama dzako."

"Simba wave kuparadza nguva. Chienda unoita sekuronga kwatakaita. Tora mari iyi." Akadaro Shamiso achindisvitsa dzamatsama yemari yekunze kwenyika yaakati wewenu, mukabati yemumotokari. Vakomana imi, hana yakarova ndichiona uhwandu hwemari.

"Ko, unozvinetserei nhai Shamiso? Handidi mari yako ini. Dai waenda nayo kumba inoshandiswa panhamo yababa."

"Usazvinetse Simba. Iyi haisi mari yenhamo. Mari yerufu iriko kumba. Iyi ndeyako yekukutenda pane zvawakaita. Asika, ndinoda kuti iwe uende unorapwa maronda ako nachiremba. Tarira uone wakarumwa nembwa. Chiremba anofanirwa kukubaya jekiseni rechimbwamupengo. Utenge serefoni itsva kutsiva yako iya yakabiwa nenharadada pagedhi. Imwe mari uchaishandisa zvaunoda."

Handina kuzowana mamwe mashoko ekumupikisa. Ndakamuti nde-e, kumutarira ndapererwa nemashoko. Ndakamutenda ndichigamuchira mari ndokuiisa muhomwe yemudhebhe. Hezvo, mari iyoyo yainge yakawanda zvikuru. Dai ndaive nepfungwa dzaifunga zviri pedyo, chokwadi ndingadai ndakatengawo kaHonda Fiti kangu.

Ndakaruramisa motokari ndichipinda mumugwagwa muna Maputi, ndokuifambisa zvinyoronyoro ndichinosiya Shamiso pagedhi rekumba kwavo. Achingoburuka mumotokari, Shamiso akatanga kuchema zvekare akazendama pagonhi remotokari. Kuti ndiende ndichimusiya akadaro zvakandinetsa. Ndakaburuka mumotokari ndokuenda paakange akamira ndichinomunyaradza zvekare. Ndakamuyeuchidza kuti ndaizodzoka kwaari chifumi chamangwana nemotokari yake pamwechete nendarira. Uku kwaingove kutaura badzi sezvo ndaisaziva zvakange zvakandimirira mberi kuna Julias nechikwata chake. Zvisinei hazvo, Shamiso akazonyarara pave paye ndokundininira ruoko achienda kwaive negedhi. Ndakamuridzira huta ndiye hutu ndakananga muguta.

Ndisati ndaenda kure ndakati kunun'unu, kufunga ndokuona zvakakodzera kusvika kumba ndisati ndapinda muguta. Ndaifanirwa kuzivisa baba nezvenyatwa yakange yandiwira. Mazuva mana akange adarika pasina munhu mumwe chete zvake aiziva kwandakange ndiri. Ivo baba ndakaona sekuti vakange vanozivisa mapurisa nezvekushaikwa kwangu. Hakuna mubereki angaridye rinopisa kwemazuva mana uku asingazive chakamedza mwana wake.

Zvandakange ndave kusvika kumba, imwe pfungwa yakauya mumusoro mangu zvekare. Ndichitaurira mumwoyo ndakati. "Kwete, handifanirwe kuenda kumba ndisati ndasvika kuna Julias. Ndichingoti pfacha, kumba ikoko ndiri kuona kubuda kwacho kuchindinetsa. Baba ndaivaziva zvikuru. Kuti vanzwisise zvese zvakaitika, vaitoda ndakagara navo pasi ndichivatsanangurira nyaya yangu.

Kuita zviya zvekutonongora twese, iyo mibvunzo ichingonaya. Ndiri kuvaona vachirohwa nehana. Chokwadi, vaisazonditendera zvekare kubuda pagedhi kusvika vanechekuita nenyaya yangu vamira pamberi pedare."

Handina kuzofunga zvekusvika kumba. Ndakaita zvekunyenyeredza pamba ipapo, asi ndakaona motokari yababa irimo muchivanze. Zvaireva kuti shasha yaivepo. Ndakavhetemesa motokari ndichipinda muguta. Ndakazviudza kuti ndaizosvika kumba ikoko kana ndichinge ndazodzoka muguta ndine ndarira yaShamiso.

Mazuva akange ati wandei kubva ndarira ndaiona iri muhomwe yehembe yaJulias. Zvino ndaifanirwa kumhanyidzana nenguva kuti ndiiwane. Zvichida yainge yatotengeswa kare Julias akazviwanira mari yake. Kana kuti akaipawo mumwe munhu. Ndinoona sekuti Julias naSilas vaive nehunhu hwakafanana kunyangwe zvazvo vaive zvikara zvisingaonane. Makudo ndimamwechete. Vakange vari simbi dzenjanji dzaifamba rwendo rumwe chete. Dzaisvika ikoko kwaiperera rwendo dziri zvikara zvisingadyidzane. Vaiunganidza hupfumi hwavo nenzira isina kururama. Kana ndarira iyoyo isati yatengeswa ndaizotangirawo ipapo kuti andipe ndichinoidzosera kumuridzi wayo. Nekudaro, ndaifanirwa kuchimbidzika kusvika kwaari isati yaenda mumaoko evanhu vakawanda.

Ndakapinda muguta munguva dzerudziyakamwe ndokuenda kuna chiremba wandaiziva zvikuru. Ndakanorapwa maronda akange azere muviri wangu. Achiona maronda, chiremba akavhunduka sezvo mamwe acho akange anyeka zvikuru. Akandirapa ndikapiwa guchu remapiritsi. Ndakabaiwa jekiseni rekudzivirira chirwere chechimbwamupengo. Zvandakabuda muchipatara, tsoka yainge yarumwa nembwa yakange yave kutsika pasi zvisina dambudziko. Maronda akange asisarwadze. Mbonje yaive pahuma yakange yaserera zvino yasara chidzvanga.

Zuva parainge rorova nhongonya, ndakapinda mukati meguta ndokutenga nhumbi, shangu neserefoni. Ndakapfeka nhumbi itsva pakarepo. Hezvo, ndakange ndashanduka zvino kuve jaya chairochairo. Mudhebhe wainge uri uno wejini, asi usiri uya wemabvarubvaru waipfekwa kazhinji nevechidiki. Mabvarubvaru ndaisamafarira.

Ndakanobura shangu kaPiP kangu, kano katema kainge kakatesvera mberi setsono. Kaipenya ruvara rweganda kakatarisa zvako mudenga sekaiona chimwe chinhu kumakore. Pakufamba apa veduwe-e, kainzwika kachiti chekenyere chekenyere, seshangu iri kutsika mujecha. Ndakanoveurwawo bvudzi rakange rave sango. Ndebvu dzakasiiwa dzakati chechetere pachirebvu. Haiwa-a, zvemucheno kwaive kudya kwangu imi. Aikazve! Shamiso aizonditarira kaviri chaiko apindwa nedzimwe pfungwa.

Pave paye ndakatumira shoko kwaari ndichimutenda zvekare nemari yaakange andipa. Ndakamuzivisa nhamba yangu yeserefoni. Zuva zvarakange rogara miti, ndakasvika paHoliday Inn ndokunotenga chikafu ndikawana nzvimbo yekugara pahotera ipapo ndokudya. Pfungwa dzaimhanya-mhanya hadzo mumusoro ndichifunga matangiro andaizoita nyaya yangu kuti ndisvike kuna Julias. Kutsvaga munhu uyu kwainge kwakafanana nekutsvaga tsono yawira mumasora.

Pfungwa dzakadzokera kumashure zvandaive musango naShamiso. Yaive nguva iya Shamiso achiri mugomba ini ndabudamo ndichienda kwaive nemotokari yaive pedyo nemugwagwa. Ndakarangarira Julias ave kuenda achizivisa vakomana vake vebasa kuti aizovapa mari kuPlaza

Oriental. Zvichida hotera iyoyo yakange iri tsime ravo kwavaigarosangana nguva zhinji kana vaine mari. Kazhinji shiri ine muririro wayo haiuregedzi. Zvichida ndikadarika nekuhotera ikoko ndainowana Julias arimo nechikwata chake.

Plaza Oriental yakaita mukurumbira unokatyamadza zvikuru muguta reHarare nenguva pfupi ichangovhurwa. Pahotera ipapo ndipo paisangana mbinga dzemuHarare. Vazhinji vavo vaizvitundumadza vachizvirova matundundu vachiti imbinga. Kwete zvekureverana nhema, asi kuti chakange chiri chokwadi. Vanhu vaive nemari zhinji zvaitozivikanwawo nevanhu vakawanda. Vaye vaiwanawo mari pano neapo semakorokoza vaisvikawo paPlaza Oriental vachidya nyika rutivi. Zvaifadza sei kugumana mapendekete nembinga uchinwa doro ravanonwawo? Hotera iyoyo yaidhura doro nechikafu chekudya zvakapetwa kashanu takatarira mamwe mahotera emuguta.

Plaza Oriental yakange iri nzvimbo yairongwa madhiri. Kana uine dhiri rako rine mari zhinji maisangana pahotera ipapo mochironga zvedhiri renyu muchinwa doro makasununguka. Vamwe vanhu vaiti mweya waive pahotera apa waiita kuti madhiri mazhinji abudirire, vanhu vachibata mari yakawanda. Dhiri raibudirira kudaro, zvinonzi kamweya kaye, kaidzokerazve kuvanhu vaye kovadzivisa kuenda kudzimba dzavo kune mhuri. Vanhu vaifara sekusina denga nenyika vachikanganwa mhuri dzavo varimo zvavo muPlaza Oriental. Idzo hanzvadzi dzedu idzi dzemiromo mitsvuku dzaipfeka madhirezi ano mupfupi-pfupi ndiko kwadzaidanwa ndichinzwa. Vaimirira zvidhakwa zvinenge zvakiiwa nedoro zvekuti shwe, vochitanga zvino basa ravo ravakajaira rekuvamora mari dzavo pasina nyuchi dzinovaruma.

Asika tikatarira zvekare tinoona kuti haasi ose madhiri airongwa muPlaza Oriental aibudirira. Mamwe acho airamba zvachose kuti vanhu vabate mari zhinji. Dhiri kana richinge raramba kudaro, zvinenge zvakona hazvo n'anga murapwi achida. Pakadaro ngetani dzaibva dzachenera vanhu ipapo ipapo. Nekuti nguva zhinji, mapurisa emuchivande vaisvikawo muhotera imomo vachiraura hove dzavo vanyerere.

Motokari dzaive zhinji mumugwagwa Samora Machel. Dzaifamba hadzo dzichinanaira sekamba dzakaita mudungwe. Ndakadzikamisa hana yangu ndokutyairawo motokari ndichitevera mafambiro akange achiita vamwe vaive kumberi kwangu. Vanhu vazhinji vakange vapedza mabasa vachimhanyira kudzimba zvavaitiza mvura yakange yave kunaya. Denga rainge ratsamwa rakati zvaro kwiba namakore matema emvura.

Mugwagwa Samora Machel une mbiri kwazvo muguta reHarare. Mbiri yacho iri pakuti ndiwo mugwagwa une dzimba dzakati wandei dzemuturikidzanwa dzinoita sedzichatunga makore. Mugwagwa uyu ndiwo zvekare une chiumbwa chehomwe yaMbuya Nehanda, Charwe paunosangana nomugwagwa Julias Nyerere. Chiumbwa ichocho chishamiso chikuru kuvanhu vazhinji. Chinotenderera-tenderera chichitarira mativi mana eguta reHarare. Mbuya vedu chokwadi vaive chamangwiza chaiye, gambakadzi reChimurenga chekutanga. Mvura yechimvuramabwe zvayakatanga kuturuka, motokari yangu yakange ichidarika zvayo pasi pechiumbwa chambuya vedu. Ndakati fambe fambe, ndokutsaukira kumugwagwa waive kurudyi kwangu unonzi Park St. Ndakawana nzvimbo yekusiya motokari yangu. Asi ndisati ndaburuka mumotokari serefoni yakazhambatata.

Akange ari Shamiso. Hana yangu yakanyevenuka zvandakanzwa inzwi rake.

"Ndinotenda. Ndaona nhamba dzerunhare rwako dzawanditumira. Iye zvino ndiri kuchipatara nasekuru."

"Ko, vakadii mai?"

"Vachigere kumuka. Zvichida vachamuka chifumi chamangwana."

"Dai zvadaro. Asika, iwewo chirega kufunga zvakawanda, handitika! Ngatiiseyi zvese izvi zvakaitika mumaoko aMwari. Ndichakufonera kana ndichinge ndapedza zvandinoda kuita manheru ano."

"Zvakanaka Simba. Usarega kundifonera. Ndinoda kuziva kuti uri kupi."

"Handiregi kukubata. Uswere zvakanaka."

Bhawa remuPlaza Oriental rainge rakati zvaro shutu, kuzara navanhu panguva yandakapindamo. Maungira emumhanzi waKiller T, 'Ngausandidaro Mjolo,' wainzwika pachipfuva changu kurova uchiti, dhidhi dhi, semunhu aidzvura nzungu muduri. Ndaifamba ndichienda kwaitengeserwa doro. Zvidhakwa zvaingunokuita jakajiriri, kufarira mumhanzi weZimdhanzi nekamwe kamutambiro katsva kainge kapararira muguta. Ichokwadi, zvinhu zvizhinji zvaitangira muguta reHarare. Nyanzvi dzekurova jaivhi dzainge dzasvikirwa zvino dzirimo mudariro, wanei zvidhakwa hazvichagona nekunakidzwa. Zvizhinji zvaiukira vatambi vainge vakati nyakata neziya muviri wese vari pakati pemafaro. Mheterwa yaitetsurwa, wanei mubhawa yangove hengo hengo.

Mukomana airidza mumhanzi waiti zvimwe ane chakamugara. Aisvetuka-svetuka, mudenga semajuru akandwa mugango rinopisa, wanei bvudzi rake remhotsi rave kuti warara mumusoro sechikopokopo. Musoro waitenderedzwa uchimony'wa nepamutsipa setauro riri kusvinwa. Muchinda uyu aiziva kufadza vanhu. Mumhanzi wake waisapa zvidhakwa nguva yekuti zvigare pasi zviture mafemu.

"Nhasi China chamadzimai!" Akashamatata mukomana uya adzora ruzha rwemumhanzi. Vasikana zvavakanzwa achidaro vakati dzvamu, pazvigaro zvavo ndiye kamupururu tetsu vachifara zvikuru.

"Vas'kana woye-e! Ndimika vanhu vacho, munondipa manyemwe! Munozviziva here kuti pasina imi, zvinhu hazvifambe muno? Ringanzi ibhawa here musipo vas'kana? Ko, Adhamu zvaaive ega mubindu, akapuwa ani kuti ave mubatsiri wake? Haana kupiwa imi! Zvino nhasi China chamadzimai. Tinoda kukutendai nekutikuta kwamaita pazuva renyu ramunokosheswa kudai. Tinokugamuchirai nemufaro mukuru!

"Imi vanababa, aya madzimai ndeenyu, asi chivapai dariro ravo vapemberere zuva guru ravanokoshesa muhupenyu. Vas'kana kuti tizivane muno, ngatichidaiso-o, tinoda kuti mukurure shangu dzenyu dzekurutsoka rwekuruboshwe mudzisimudze mudenga. Tichidaiso! Tichidaiso!"

Vanhukadzi nekusvinukisa kwavo, havana kuzengurira kukurura shangu. Vakabva vaita ngwecha-ngwecha, nenguva isipi dzakange dzave mudenga dzichivheyeswa-vheyeswa sezvakange zvarehwa. Hezvo, mudenga makaonekwa gogo, mapatapata, matenesi, majombo nedzimwewo shangu dzakange dzisina mazita. Varume vakafara vachiona vasikana vavo vachitamba mumhanzi weZimdhanzi. Vakasimuka pazvigaro zvavo vachinovakuza zvavaishiringinya mudariro.

"Zvino jaivhi ingabuda here pakadai imo mutsoka mave neshangu imwe chete?" Ndakazvibvunza ndichitaurira mumwoyo ndashaiwa shumo yazvo.

Panguva yaiitika zvese izvi, ndakange ndave kusvitswa doro nemusikana aitengesa mubhawa. Ndainge ndashevedzera rangu riye rechembere inofamba nemudonzvo mumugwagwa. Ndakawana nzvimbo yekugara pakange pane vamwe. Hweta akauya negirazipamwechete nejagi rakange rine matombo echando. Zvangu zvakange zvisina chinoera. Handina kuparadza nguva ndichida kupira kuvadzimu doro risina masese.

Ndakaidira hwisiki mugirazi ndokuisanganisa nematombo echando zvakanaka. Ndini uyo girazi tsi pamuromo ndiye rose kutu ndisina kufema. Nenguva isina kufanira ndakange ndakutura rimwezve rechipiri. Ndakazoti ndasvika zvino pagirazi rechitatu ndokurinwa seputugadzike. Hauonezve! Dzungu rekudhakwa rakange rave kundikwidibira zvino. Ndainge ndasvika pangu chaipo chaipo parere mwoyo, pandaishuvira zvikuru. Chokwadi ndaifanirwa kupemberera rusununguko rwangu nevamwe vaifara zvavo mubhawa. Ko, ndini ndadii zvangu? Ndakange ndafira mumaoko aSilas sekutamba.

Pfungwa dzangu dzakabva dzaenda kuna Shamiso. 'Ya-a, apa paita zvechimoko, mutsikapatinhira wemwana. Donhodzo remwoyo. Chisikwa chisingaonekwi pese-pese, chinorova kunge shuramurove. Hei, mwana uyu wakazvinakira, zvomene. Akakutarisa kudai, unobva waoma mitezo yemuviri. Iko kureba ungati itwiza. Naiwo maziso makuru akamunakisa kwazvo. Runako rwake harusi rwenhemha-nhema. Chokwadi ndichakanda shoko chete. Regai muone!

"Andipa motokari yake itsva kuti ndiishandise kutsvaga ndarira yake yakabiwa apa tisati tazivana. Hazvina kupinda mupfungwa dzake kuti motokari yake inogona kuwana chinoiwana kana ichinge yave mumaoko emumwe munhu! Ndiudzei! hii chakakosha ipapa, ndarira kana kuti motokari? Veduwe-e, ko, iyo mari yekuAmereka izere muchikwama changu! Chokwadi musikana uyu wandibvira nekupi chaizvo? Izvozvi homwe yangu haichagona kufema netsatsi, dzamatsama remari yaandipa yekutenda kumubetsera kwandakamuita.

Zvino ndinoda kuswedera pedyo naye. Nditi kwati kwati naye sechikwekwe. Zvichida zvese zvakaitika kwandiri zvaida kuti tizivane uye kuti tiumbe ukama. Handiti zvinonzi, mvura bvongoki ndiyo garani! Chii chaizvo chaita kuti ndimuvimbise kunotora ndarira yake kuna Julias kunyangwe zvazvo ndisingazive kuti ndichazvifambisa sei? Hakusi kuonererwa here ikoko pamberi pemhandara kuvimbisa zvikukutu zvakadai?

Mumhanzi waMacheso uchangoburwa, Tinosvitswa Nashe, wakange wave kurira. Ndakati svetu mudariro ndini uyo tititi, mukati-kati mechaunga ndokurimbinyukawo nevamwe ndichiita zvangu zvandakajaira. Ungati ndini uya Simba akange arumwa nembwa nekurohwa zvekufa chaiko kupuroti kwaSilas! Chokwadi chiremba wangu akange aita basa guru zvekusanzwa panoti n'en'enu, kurwadza. Ngoma ndiyo ndiyo! Kunyeberwa kuya kana zvichinzi munhu akadzidza haagone kutamba mumhanzi wesungura. Kusaziva. Aikazve! Matambiro angu aindipa manyemwe. Ndakatanga nezora bhata yakambonetsa mumazuva ayo. Ruoko rwangu rwekuruboshwe rwakaenda kurudyi ndiye pa-a, kurova mukati mechanza ndokurufambisa sendinozora bhata pachingwa. Ndaiita zviya zvehwana huduku zvekurinombora nezvigunwe, kwakuripakira pachingwa segirizi rengoro.

Ngoma payainge yave kuririsa, ndakapinda mudariro neBhorodhero jaivhi. Akazve, ndakange ndave kumhanya nebhiza rangu mubhawa. Hokoyo-o-o! Pachiuno apa yakange yave sumbunu sumbunu sayi sayi, sumbunu sumbunu sayi sayi. Makumbo aipesana-pesena sechigero. Aikazve, musoro wareretswa zvino parutivi, wanei dariro rave remunhu mumwe chete. Zvidhakwa zvainge zvasudurukira kure, ndiye unga unga, zvave kundikuza. Apa ndaiita sendamera zenze kumusana.

Waingonzwa kuti, "Blazi-i-i!"

Nechemumwoyo ndichiti. "Blazi venyu vari pano, munovaguta!"

Ndisati ndabuda mudariro ndakati kwete, regedzai ndivarovere mharadzamusasa, Slomo (slow motion) jaivhi. Chokwadi Slomo yaigona kupengesa mumwe munhu mubhawa. Ndiyo yaipindirana nepakange pave kurira gitare raMacheso mbune, richiita zvaro zviya zvemahon'era anovharira nzevekuti gwo. Ndakati we-e, tambo yangu yemumhepo. Ndini uyo nayo kuikakata zvinyoronyoro, ndichienda kumberi. KaPiP kaive mutsoka mangu kaipenya ruvara. Mapenyero aye eshangu itsva. Imiwe-e, kashangu kangu aka ndiko kakapedza vasikana!

Ndakanzwa mhere yekuchema mubhawa. Mhere iya inokonzerwa nekunakidzwa. Yakava mbonambona, wanei vasikana havachagona neni. Kashangu kangu kainge kakatarisa zvako mudenga kachitsika pasi zvinyoronyoro sekamba iri kungovaira zvayo mujecha. Kaiti chekenyere chekenyere, zvandaienda kumberi kwaive nemumwe musikana. Ndainge ndamusarudza pachita chavasikana vainge vazipirwa namatambiro angu. Akange ane kabhegi kake muruoko, akati zvake tote, kumira uku rute rwave kuti rwe rwe, akandiyeva.

Ndasvika paari, ndakamuti, "Mhoro mus'kana!" Ndiye mbunde, ndichiita sendinomutyora musana wake. Pandakazoti mwa-a, kumutsvoda padama! Bhawa rakaita maungira aye aye anonzwikwa munhandare yenhabvu kana bhora richinge rati kweche, mumambure.

Chisingaperi chinoshura, mumhanzi zvawakasvika kumagumo, ndakaunganirwa nechaunga chavanhu zvinokatyamadza. Hezvo, vasikana neni nemetere senyuchi dzegonera. Ndakakorokotedzwa semunhu awana mubairo mukuru wemutambo weOK Grand Challenge. Ndakasimudzwa mudenga nezvidhakwa, zvikamhanya neni. Doro rakanaya semvura ndichitengerwa, asi handina kurinwa. Ndakaripfuudzawo kune vamwe vakange vane shungu naro. Ndaisabata doro rinokarakata pahuro. Rangu rechembere inofamba nemudonzvo mumugwagwa raivepo patafura.

Ndakati nzve-e, ndiye pote kuchimbudzi. Ndave kudzoka ikoko ndakaita mahwekwe nahweta wemubhawa. Aive musikana wezera rechidiki wandakabata ruoko ndichimupfumbatisa mari. Tainge takamira pasina vanhu vakawanda. Mwanasikana akavhunduka achiti zvimwe abatiswa zvisingabatwe zvinokuvadza. Mazuva ano, nyaya yezvikwambo yakange ichipisa. Paakavhura muchanza akaona aikazve, zvairi mari yekuAmereka. Akanditarira ndokubva anyemwerera. "Bhudhi, munofadza vanhu imi. Ko, muri kuda mhando ipi yedoro?"

"Kwete, handisi kuda doro ini. Iyo imari yako yandakupa pachena. Yese tora zvako. Asika, ndinoda kuti undibetserewo. Ndiwe chete munhu wandaona muno anonzwisisa. Pane munhu wandiri kutsvaga mubhawa namaziso matsvuku. Zvino ndinoda kuziva kana wamuona muno."

"Munhu wamuri kutsvaga!"

"Hongu, ndinoda kuziva kuti munhu iyeye ari muno here kana kuti kwete."

"Muri kutsvaga ani chaizvo vahanzvadzi, zvichida ndingamuziva?"

"Julias Kaitano."

"Julias, kwakanaka here zvamunomutsvaga?"

"Kwakanaka chaizvo! Usatye. Ndinoda kuti andishandire basa kumugodhi wangu."

"Muri kureva kuti Julias achere mugodhi wenyu nezvamakaita izvozvo!" Akadaro musikana uya ndokutanga kunditarira kubva kubvudzi kusvika kutsoka.

"A-a-a, kwete vahanzvadzi. Handirevi kuti Julias andishandire ini, pachake. Asi kuti vakomana vake vaite basa kumugodhi kwangu."

"Ho-o, nhai! Ndazonzwisisa zvamunoreva. Ndange ndatya, ndikati zvimwe Julias anochera migodhi yevanhu. Sekuziva kwangu Julias, munhu ane mari yake."

"Ndizvozvo chaizvo, Julias imbinga. Mari yake ine mumvuri."

"Ko, madii kubvunza vakomana vake?"

"Vakomana vake?"

"Ehe-e, madii kubvunza Zato pane kuuya kwandiri? Isu hatitenderwi kutaura nyaya dzakadaro nevatengi kana tiri pabasa."

"Ndinozviziva izvozvo, ndosaka ndati titaurirane hanzvadzi yangu tiri chinhambwe. Ufunge zvako, vakomana vanoshandira Julias handivazive. Ndinoziva iye chete. Asi zvandapinda muno handina kumuona."

"Muri kundiyedza imi, nekuti vakomana vamurikubvunza vagere pazvigaro zviri shure kwenyu!"

Ndakati cheu, shure kwangu ndokuona aikazve! ko zvaakange ari mashura. Vakomana vainge vandikorokotedza munguva pfupi ichangodarika ndidzo nyasire dzakange dzakanongedzwa nahweta. Vakomana ivava vakange vandisvetukira ndokundibatirana sevanhu vasina kukwana. Ndaiti zvimwe kufarawo kwezvidhakwa, asi iye zvino ndakange ndave kuzviona kuti dzaive mbanje dzoga dzoga dzainge dzakavatibura. Chokwadi vainge vamhanya neni mubhawa sevanopenga. Pari zvino vainge vagere zvavo vakakomba tafura yainge yakati nda nda nda mabhodhoro edoro. Vaifara vachinwa doro sekusina mangwana. Vaive vashanu, vatatu vavo vainge vachiyemedzana zvavo nevasikana vakange vakagara pamakumbo avo.

Bhanditi ndakamuziva pakarepo ndisina kumunongedzwa. Akange akapfeka hembe yechikwata chenhabvu cheDynamos nhamba 9. Ndichiri kuzviyeuka Julias achiti hembe yake yainge yakafanana neyangu zvandaivatiza ndakabereka Shamiso. Aikazve, taitsigira chikwata chimwe chete chenhabvu cheDembare chakange chakumba mikombe mizhinji mwaka uchangodarika. Zvino mumwe wangu uyu hembe yake yakange ichiri pamuviri wake. Zvichida Bhanditi waive nehembe imwechete, oma ndikupfeke.

"Uyo mukomana akagerwa bhibho ndiZato, uyo ane musikana agere pamakumbo ake ndiBhanditi, kuzoti uyo ane kepesi mumusoro agere nemusikana zvekare ndiKuku. Ndichitaura chokwadi, vamwe vakomana vaviri avo, handivazive."

"Hei, apa wandibetsera zvikuru. Ndichanotaura nevakomana ivavo."

"Hanzvadzi, mungwarire vanhu ivava nekuti inhubu. Vane hunhu husina kuti kwesere. Zvinonzi akuruma nzeve ndewako."

"Ndinotenda nekundiyambira. Ko, mbiri yavo ndeyei chaizvo?"

"Imika, musade kundinzwa. Asi matanga nhasi kupinda muno muhotera? Ndiani munhu asingazive vakomana ivava? Nguva zhinji vanenge vari muno vaina

Julias, asi nhasi handina kumuona. Mufunge zvenyu, vakomana ivava vanotora zvinodhaka. Vanonwa tudoro twuya twunonzi mutoriro, twumbwa nebrongo, vachiputa zvekare manapukeni evana vacheche mapamba chaiwo. Mufunge zvenyu, mbanje idzi, nguva zhinji dzinenge dzakavadhaka zvavo vari muno. Ini ndichavakwenyera kumapurisa vagosungwa, regai muone."

"Ukadaro unenge wagona. Asi iwe wati vanoputa mapamba? Ukureva here mapamba chaiwo evana vacheche?"

"Ehe-e! Iwayo."

"Vanomanhonga here kubhini kwaanenge araswa?"

"Handizivi ipapo kuti anenge ashandiswa here. Zviri kwamuri vahanzvadzi kuti mutaure navo kana kuti kwete, asi muvangwarire. Bhanditi abvunzwa zvekare nevamwe varume vaviri, asi ini ndinoona sekuti mapurisa. Vaenda zvavo, asi vati vachadzoka vagotaura naye."

"Kuti inyaya yezvinodhaka yaita kuti abvunzwe?"

"Ndinoona sekudaro. Mabhodhoro ayo ari patafura yavo ndeyekubata vanhu kumeso chete. Muchiaona ari ipapo kudaro, munoti zvimwe vari kunwa doro ratinoziva, asi ivo vachinwa zvavo mutoriro.

"Mufunge zvenyu, Bhanditi nechikwata chake vakanorova imwe mbinga ine mari kuChristonbank ndokuibira mari yake. Zvanzi murume iyeye ashaya nhasi mangwanani kuchipatara cheku24/7."

"A-a-a, usandiudza! Ko, nemhaka yei vasati vasungwa?" Ndakabvunza ndichishamisika nerufu rwaSilas rwakange rwave kuzivikanwa nenyika yese. "Dai mapurisa asunga nyasire idzi nekuchimbidzika, zvatibva."

"Ichokwadi ichocho. Kungoti hazvo, chisi hachieri musi wacharimwa. Uyezve mhosva hairovi. Asika, zvandakuudzai izvi musazviti bufu, kuna ani zvake.

Ingazoswera yave yangu ndadzingwa basa." Akadaro musikana uya ndokubva aenda zvake.

Handina kuzoparadza nguva ndakamira. Ndakaenda pandainge ndasiya doro rangu. Ndakanoti zibhodhoro rehwisiki negirazi mbare mbare, ndiye kuna Bhanditi nechikwata chake pesengu. Ndichangoti susururu, kusvikapo, ndakagamuchirwa nemufaro unopiwa sabhuku. Ndakapiwa chigaro ipapo ipapo. Izvi hazvina kundishamisa. Ko, vaitadza nei kundifarira ini zvangu chamangwiza, hwereshenga yekutamba mumhanzi waMacheso mubhawa?

Bhanditi chaive chikomana chipfupi-pfupi chakati simbei zvakafanira. Sekuona kwangu, chikomana ichi chaive nemakore angaita makumi maviri namana ekuzvarwa. Chakange chine zidzoro rakatenderera sebudzi. Asi zvaifungwa mudzoro iroro zvaitemesa veruzhinji misoro yavo. Twumaziso twaive twuno, twuduku twakanoti kovo mukati twakatsvukuruka twuchibwaira-bwaira nepasipo. Zvichida zvese izvi zvaikonzerwa nezvinodhaka zvaaitora. Bvudzi racho maiwe-e! raisaziva chinonzi kamu kana kuveurwa. Rainge rakamona-monana zvaro richiita twumabhora twudikidiki senhoko dzembudzi. Mumuromo makange mune vende. Ichokwadi, bhuru rinorwa rinoonekwa namavanga aro.

Zato ainge munhu kwaye kana uchinge wakamutarira. Aive akagerwa bhibho mumusoro yainge yakazorwa mushonga une ruvara rwakatsvukuruka sezuva richangobuda. Baba vangu imi, takange tichitevedzeravo mucheno wevatambi venhabvu vakange vaita mukurumbira munyika. Ndiye akange ari mukomana mukuru wechikwata ichocho sekutaurwa kwazvainge zvaitwa naJulias vari musango vachitsvaga Shamiso.

Ndichangosvikapo Kuku akati warawashu, sekatsuro achinomira kwakadaro aine bhodhoro rainge richisina doro. Kaive kamukomana kadiki kamungwaru chaiko kaingopopota-pota, nguva zhinji. Kainge kakapfeka jini serangu, asi rako raive remabvarubvaru mumabvi. Aikazve, mudhebhe iwoyo wainge wakarembera zvawo zvekuzvezvera pasi chaipo! Mukati memudhebhe iwoyo maionekwa mamwezve mabhurukwa matatu akange akati zvawo svi--i, kusviba netsvina. Panguva yandakasvikapo, musikana ainge akagara pamakumbo aKuku akabva aridza tsamwa ndokunogara pake oga.

Ndinoona sekuti pakange pane nyaya yainetsa. Ndakati zi-i, zvangu ndakatarira vakomana ivavo ndichida kuziva zvakange zvichiitika. Hazvina kunditorera nguva huru kuti ndibate musoro wenyaya. Mari yekutengera vasikana doro remubhodhoro yakange yapera kuti dhu-u. Mabhodhoro evasikana akange agunduruswa achisina doro.

"Iwe Zato, ndiwe honzeri. Chitarisa uone, Kerina naMolly varamwa, vakuenda nekuda kwako." Akadaro Kuku akanongedzera Zato.

"Ko, ini ndini ndadii?" Akadaro Zato asimuka zvino. "Inga ndati Julias ari kutsvaga munhu anoziva zvemagetsi agadzire tangi rehove dzemumba make. Saka imhosva yangu here? Semumhu washefu, ndamuti asazvinetse nekuuya kuno nemari yedu. Anozotibata hake mangwana. Inga mari inonaka wani misi yese!"

"Wati Julias asauya kuno? Une chokwadi here Zato kudzivisa Julias kuti asauye kuno nemari yedu nekuda kwetuhove twemumba?" Akabvunza Kuku akatarira Zato. "Vakomana, ndinzwireiwo marara ari kutaurwa pano!"

"Iwe Zato, mafungiro ako akadhakwa." Akadaro Bhanditi, ndokuenderera mberi achiti. "Hauna kushanda wega basa iroro, wazvinzwa? Dai uri mumwe watibvunzawo ukanzwa zvatinofunga panyaya iyi, pane kungoti vhurumu, kumhanyira kunofonera munhu kuti asauye kuno nemari. Hezvo, chimoko changu chapedza doro. Unoda kuti chinwe we...?"

"Zato, watibhowa!" Akadaro mumwe mukomana aisvuta fodya achigamha Bhanditi asati apedza kutaura. "Nguva zhinji tikati titi chino, unoti hazvisi izvo uchireverera Julias. Hauna chaunotadza ipapo. Ko, inga pamutambo wechihwandehwande tiri vadiki paye pataiti huwi-i, taikutsvaga tichikuwanawo wani!"

"Humbimbindoga, nekudzvinyirira vamwe vako hakuna kwazvinokusvitsa. Tichakukudubura chete pachigaro chako ichocho masikati machena. Ehi-i! tinoswera tafanana. Aikazve!" akadaro Kuku.

"Vakomana, handina kuzvigadza ndega pachigaro chekuve mutungamiri wenyu. Julias ndiye akandipa nyembe idzodzo, saka ndiye chete munhu ane simba rekundibisa kuve mutungamiri wenyu."

"Iwe Zato usataure zvisina musoro. Mari yatakashanda haisi ya'mai vako kana yasekuru vako," akadaro Kuku. "Dai uri mumwe wafonera Julias nguva ichiripo."

"Chiregai ndinomufonera ndimuudze kuti vakomana vajamuka kuno auye nemari izvozvi." Akadaro Zato achibva aenda kudivi rakange risina ruzha rwakawanda.

"Ukasauya nemhinduro kwayo, ndiwe uchatenga doro revasikana vedu. Unoda zvingani, woti makuhwa anobvira moto, nekutengesa vamwe?" Akadaro Bhanditi achishevedzera kuna Zato.

Achibata-bata ruoko rwemusikana wake Bhanditi akabva ati. "Molly, chirega kuchema-chema mari iri kuuya. Unondinzwa! Dai Kariba isiri kupwa mvura mazuvano Zato uyu ndaienda naye ikoko ndichinomugeza segumbeze. Ndichimutsika-tsika kuti achangamuke."

"Kerina usaora mwoyo, mira tironge zvimwe." Akadaro Kuku achikakata ruoko rwaKerina kuti adzokere paakange akagara pamakumbo ake.

"Usadaro kani, Kuku! Uri kundikuvadza ruoko. Iwe Rati, handei vasikana tiri kuparadzirwa nguva nevanhu vakachoboka."

"Handei. Chokwadi bhawa rinosvika pakuvharwa pasina chabuda pano nevakomana ava." Akadaro Molly asimuka zvino pamakumbo aBhanditi. "Handei."

"Vakomana kana musina mari regedzai zvimoko zviende murugare. Ko, zvakaipei vakanotsvaga zvavo vamwe varume vane mari?" Akadaro mukomana uya aisvuta fodya. "Munovapei kana muchiti vasaenda?"

Kwakaita chinguva chakati kuti vakomana ava vachidzivisa vasikana kuti vasaenda. Gare gare Kerina akazosimuka ndokubva aenda zvake pakange pagere vamwe varume vaviri vainwa doro. VanaRati naMolly vakabva vadididzawo vachimutevera. Mukomana aisvuta fodya akati oseka zvino achirwadzisa vakomana vakange vabatiswa pasi nevasikana. Akaseka zviya zvekusvotesa vamwe vake.

"Rega zviende!" Akadaro Bhanditi achiridza tsamwa, kudyiwa mari ini? Kwete! Rega zviende!"

"Ko, mari yacho unayo here?" Akabvunza zvekare mukomana aisvuta fodya uku ari pakati pekuseka vamwe vake.

"Ini handina mari pari zvino, asi kamusikana aka kaita sekafemerwa. Ndange ndichida kukatambisa iya yatinoti njonjo .Chokwadi kana Mwari wako."

"Bhanditi tinokuziva. Wajaira kuita zveganyabvu nguva dzose." Akadaro mukomana aisvuta fodya. "Asi kamusikana kacho kanenge kanatwowo. Musoro tsikitsiki, takagara zvedu pamakumbo aBhandititi chifara setichabata denga. Zvanzi ndazviwanira mukomana kwaye! Rega ndiseke nhamo serugare. Iyo hembe yemukomana wacho inova imwe chete inosvika pakubvaruka isati yabiswa pamuvi..."

"Kainosi!   Wakundibhowa.   Unondinzwa! Usanditokonye-tokonye, ndakazvinyararira. Kana twangu twukandisvikira pano, usafunge kuti pane anondibata. Ndikunzwe zvekare uchidaro. Aikazve!" Akadaro Bhanditi, achigamha mukomana aisvuta fodya uya, iye achibva angoti mwi, pakarepo.

"Vakomana tikasaisa misoro yedu pamwechete, handione tichiwana mari yedu nekuchimbidzika." Akadaro Kuku achitarisa Zato akange ave kuuya.

Vakomana havana kumirira kuudzwa mhinduro naZato. Chiso chaZato chaive chakanyorwa mhinduro yavo. Mafambiro ake akaita kuti vamwe vake vazvizive kuti masango matema. Shasha yainge yakazvinetera zvayo. Kumeso kwainge kwakati une une, sederere raiswa hundi yakawanda.

"Zato, usatiudza kuti Julias aramba kuuya kuno?" Akadaro Bhanditi achisimuka pachigaro.

"A-a-a, ndizvozvo chaizvo! Hakuna chinhu. Zvanzi ndokupai mari yenyu mangwana."

"Mangwana-a-a!" Vakakanuka vakomana vose chikamwe ndokutarirana.

"Ndataura kare wani kuti tikasabatana chete, mari yedu icharova kuti tsvai!" Akadaro mumwe mukomana achisimuka pachigaro. "Hapana here ane mari yemuchovha amhanye kumba kwake anopiwa mari yedu izvozvi?"

"Zato hauna here mari muchikwama chako umhanye kuna Julias?" NdiKuku uyo akabvunza akatarira Zato.

"Vakomana mandiomesera, mari handina. Kumba kwaJulias hakusi pano, kure. Hakusvike makombi. Pamusoro pegomo paari kupaza mupata achivaka zimba rake..." Akadaro Zato achibata-bata minwe. "Dai kwaive kuMbare taiti zvimwe kunosvikika nemakombi munhu uchidzoka muguta nguva ichiripo?"

"Ngatitsvagei tekisi yekuhaya inozobhadharwa naiye Julias tasvika kumba kwake." Akadaro Kuku achitarisa vamwe vake.

"Iwe Kuku, hakuna munhu wetekisi angabvume zvekuenda kuBhorodhero asati apiwa mari yake. Kure! Kazhinji munhu anobvuma zvakadhakwa kudaro munhu waunoziva." Akadaro mumwe mukomana ainge akanyarara panguva yese iyi.

Uyu ndiwo mukana wandainge ndakamirira. Wainge wazaruka zvino. Kuita zviya zvekudhirikira segaringiro rembeva. Handina kuparadza nguva ndichimbofunga-funga. Ndakati kwarakwashu, ndichinozevezera munzeve dzaZato ndichimuudza nezverubetsero rwangu rwemotokari. Zato haana kuzvibvuma pakutanga. Akazotendeseka mumashure aona kiyi yemotokari. Mukomana akafara ndokuisa maoko ake pamapfudzi angu seshamwari yangu yemakore. Ndakamuti anditevere kuchimbuzi kwatakanoti nya'a, zvedu tiriko tichikurukura nyaya iyoyo pasina vamwe vake. Hurongwa hwangu naye hwaizoita kuti vamwe vake vamuremekedze semutungamiri akangwara. Ndakamuti vatyorere mari dzavo muhomwe sezvo uku kwaingove kuvabetsera pachena. Zato akashamisika zvikuru nerubetsero rwangu kuchikwata chake. Akanditenda ndokuita seachabhururuka nemufaro. Akazivisa vamwe vake nyaya yatainge taronga yaifadza zvikuru.

Nhunzvatunzva nharadada dzavakomana dzaitungamirwa naZato, dzakabuda muPlaza Oriental chivande-vande semakudo ave kudzika gomo kunodya munda wechibage. Dzaisada kuonekwa neveruzhinji rwavanhu dziri pamwechete nekuda kwezvinodhaka zvainge zviri mumabhegi. Ndaive mumotokari ndakati zvangu kwereva, ndichiona zvese zvaiitika. Dzasvika panze, dzakanoungana parutivi rwemugwagwa Samora Machel. Hadzina kuuya kwakange kumire motokari yangu. Izvi zvakanditambudza muhana mangu sezvo motokari yaive mhiri parutivi pemumugwagwa payaionekwa nemunhu wese. Ko, zvino chii chakange chapinda mupfungwa dzavo kuti vasauya kumotokari?

Zato akange achiziva zita neruvara rwemotokari yangu uye nepayakange yakamira. Zvese izvi ndakange ndamuudza ndichiri muhotera. Ndakaburitsa ruoko nepahwindo ndokuvaninira ndichivadana. Mukuru wechikwata akaita sematsi zvake ndokuramba akati dzu, kumira achiita semunhu akange akaroverwa hoko mumakumbo make. Ndakazarura gonhi remotokari ndokuburuka ndichinomira panze ndichiti zvimwe pavanonditi bamhama, vanobva vauya tochipinda munzira takananga kuBhorodhero. Hezvo, vakandiona zvangu ndakati tote, pamotokari ipapo, asi hapana mumwewavo akapindwa nepfungwa yekuuya kwandaive.

Pfungwa dzangu dzakatanga kumhanya-mhanya ndave kufunga zvakawanda. 'Ko, zvino chii chakange chapinda mupfungwa dzevakomana ivava? Inga tainge tatenderana zvakanaka kuti ndaizovasvitsa kuna Julias shefu wavo pasina mubhadharo. Kuti imotokari here yakange yavavhundutsa? Zvichida vaitarisira kuona ndiine kaHonda Fiti, kamotokari kaduku kanotyairwa neveruzhinji. Kuti vakange vandifungira kuve mutikitivha nekuda kwerudzi rwemotokarii sina nhambapureti? Ichokwadi, hapana munhuangapinda mudziva rizere nengwena akasvinura. Kuti vakange vafemerwa nemweya wezvakange zvave kuzoitika kwavari munguva pfupi yaitevera? Zvichida mweya iwoyo waivadzivisa uchimira navo kuti vasauya kumotokari sezvo mapfumo ehondo akange apiyaniswa mberi kwavaida kuenda neni. Ngoma yehondo yakange yave kurira nemutinhimira wepamusoro munzeve dzavo."

Ndakadzokera mumotokari ndaora mwoyo ndokuzarira gonhi ndaputirwa nehasha. Nguva zhinji, maitiro akadai aikandisa mapfumo pasi kuti njo-o. Handaifadzwa namarongero akadhakwa kudaro. Ndiwo marongero aikwidza hasha dzangu nguva zhinji. Gonhi zvarakati dwe, richivhairika, vose vakati cheu, ndiye maziso kape, kumotokari. Hezvo, vakaona motokari yave kunanaira! Yaifamba zvayo serwaivhi.

Hany'a naani! Ndakadaro ndichiridza tsamwa. Kumba kwaJulias ndaikuziva. *Zvino zvekupweshukirwa nevanhu vane misoro bandama, kwete!*
"Simba, mira!" Rakadaro inzwi remunhu akandishevedza zita ari shure kwemotokari.
Ndakatarira pagirazi remukati memotokari ndokuona Zato achimhanya ari mumashure. Kuku nevamwe vakomana vaviri vaifamba zvavo vachimutevera. Uyuwo Bhanditi akamboti mire mire, kwechinguva achiita semunhu akange apindwa nedzimwe pfungwa. Zvichida akange anyumwa, achisade zvekuenda nevamwe vake kuBhorodhero. Chinotanga mberi nguva zhinji mashura.

Zvichida bvudzi rake rakange rave kuti nyaunyau, mumusoro richimuyambira nezvenyakanyaka yakange yakamumirira mberi ikoko. Pave paye, ndakazoona munhu ave kukovaira achitevera vamwe vake. Ndakatsaukira kurutivi rwenzira ndokubva ndati mabhureki emotokari tsvi-i. Bhanditi ndiye munhu wandaida zvikuru kuti ange aripo kupinda vanaZato naKuku.

Vakomana vakasvika pamotokari ndokuiyeva vachiridza twumiridzo twekushamisika nayo. Vakaitenderera vachiibata-bata sezvana zviduku zvapuwa chidhori chitsva chinotaura. Gare gare, Zato akazarura gonhi remberi ndokupinda mukati achinogara pachigaro. Vamwe vake vari vana kudaro vakazopindawo mukati vachigara pazvigaro zvekumashure. Panguva yese iyi ndakange ndakati mwi, ndichiita sendichaputika muchipfuwa neshungu nekuti hunhu hwevakomana ivava hwakange hwandigara pamwoyo chaipo. Chokwadi, nyasire idzi dzakange dzakwidza BP yangu.

Zvandakatenderedza kiyi yemotokari ndave kuimutsa kuti tichienda, ndakanzwa mumwe mukomana ainge ari shure ave kudanidzira achiti, "Vakomana, pano paipa. Handei!"

Ndakacheuka kumusiwo wepaPlaza Oriental kwainge kwakanongedzerwa ndokuona, hakuna chakanaka. Akange ari mapurisa ainge akazara mumotokari yawo yakange yati pfacha, pahotera. Ainge akagukuchira pfuti. Amwe acho ainge asvetukira mumugwagwa motokari isati yamira achinopoteredza hotera. Zvidhakwa zvakange zvichida kubuda muhotera kana kupindamo zvakadziviswa. Zvinhu zvakange zvaminama. Panguva iyoyo mumhanzi wairidzwa muhotera wakati mwii, pakarepo. Plaza Oriental yakanyararwa kuti kwaka, senzvimbo iri kunyorerwa mazamanishoni kuchikoro.

"Maiwe-e! Tapona vakomana nepaburi retsono." Akadaro Kuku akabata muromo. "Nhasi midzimu yedu yanga yatifuratira."

"Mukoma Simba honai, masimbisa chikwata sezita renyu! Tinokutendai nekuti matibisa mumukanwa mamupere." Akadaro mukomana ainge akapfeka kepesi.

"Ichokwadi, dai pasina iwe Simba dzatichenera mubhawa imomo, sekuseka. Tingadai takumbwa tese nemangongongo iwaya ane mwoyo mukukutu." Akadaro Zato akanditarira kumeso.

Handina kuwana mashoko ekutaura. Ndakasimudza motokari chinyararire ndokuivhetemesa ichisiya yanyora mitsara miviri mumugwagwa yakasviba kuti tsvai. Pfungwa dzangu dzakange dzave mberi kwataienda. Zvino ndaida kuvesera vakomana ivava moto wenzeve dzatsuro ndichivakandira mokuti pasawana mumwe chete zvake anopukunyuka. Ichokwadi, kugona mbavha kuirongera. Hunhu hwevakomana ava hwaisvota. Hakuna munhu ane njere dzakati kwesere aikwanisa kuswera navo zuva rimwe chete zvaro akaronga zvine pundutso muhupenyu. Nyika hakuna kwayaisvitswa nehunhu hwevanhu vanotora zvinodhaka pamwe nekuponda vanhu.

Motokari zvayaifamba kudaro, vakatanga zvino kunwa doro ravo remutoriro *nebrongo*. Vaimona mbanje dzavo dzavaisvitsana vachisvuta. Mukati memotokari makapfungaira chiutsi wanei mave kunhuwa kuti kutu. Handina kuvadzivisa. Ndakati regai vadziirwe zvavo segonye riri mukati medanda raiswa muchoto kwekupedzesera. Nguva yavo yekuchema yakange ichigere kusvika. Mharapatsetse dzakaita madiro. Uyu Zato ainge agere neni kumberi, waitambidzwa twubhodhoro nevamwe vake twaaiti dzvutu dzvutu, achinwa akatarisa mudenga seshuramurove ramedza chidamukotokoto. Aidzosera vamwe vake twubhodhoro itwotwo mushure mekunge azunza-zunza, musoro achiita sechidhambakura chawira mupfuko yedoro ravirisa.

Ndakazarura mumhanzi paredhiyo ndokuvaridzira musambo weZimdhanzi wavakafarira zvikuru. Hezvo, vakomana havachogona neni. Vakaita sevachabata denga rechinomwe nemufaro. Motokari yakashanduka ikave bhawa rinofamba. Vaiimba rwiyo rwaKiller T, 'Nhai Vakuru Vangu'. Vaitevedzera inzwi rwemuimbi uku vachidzana mumotokari zvekuti yaifamba ichindengendeka.

Zvino mumhanzi iwoyo nezvinodhaka zvavaitora zvakavadzimaidza zvekusaona chikwangwani chaive parutivi rwemugwagwa chainge chakanyorwa kuti, ZRP Highlands. Hapana mumwe wavo akaona motokari ichitsaukira pamugwagwa waive kurudyi ichinoti zvayo vhu-u, kusvika pagedhi remuzinda wemapurisa. Tichiri pagedhi ipapo zvekare hapana mumwe wavo akaona mupurisa akasimudza simbi mudenga kuti motokari idarike ichipinda zvayo mukati. Ndakatarira Zato ainge akati bondokoto, kugara chigaro chekumberi sasabhuku apuwa mbudzi padare. Akange akati vhuruwata, akarembedza maziromo achiita sechinyamukotokoto chatsikwa neshangu yejombo.

Kamba yamapurisa yakange yakati ngwe-e, kuchena nechiedza chamagetsi. Miti mizhinji yaive pamuzinda wemapurisa yainge yakasungirirwa mapepa aive nemufananidzo wemunhu. Ndakacherechedza mufananidzo waivepapepa ndokuona aikazve, zvawakange uri waBhanditi, nhunzvatunzva yaive mumotokari achifara zvake. Pasi pemifananidzo painge pakanyorwa kuti:

Munhu Uyu Anotsvagwa Namapurisa Namaziso Matsvuku. Kana Uchiziva Kwaari, Rovera Runhare Kumapurisa Ari Pedyo Newe Uzviwanire Mubairo Wemari Pasina Kuteuka Ziya.

Hezvo nyaya yaBhanditi yakange yasvitswa kure. Ndakafambisa motokari zvinyoronyoro ndichienda kwaive nemba huru yakange iri hofisi yemapurisa. Ndakanosvikoti tsvi-i, kumira panzvimbo inomiswa motokari. Sezvineiwo Zato akange akagara kumbe rindiye akatanga kucherechedza nzvimbo yakange yamira motokari. Ndakaona munhu wave kubwaira-bwaira achibata-bata maziso ake achiramba zvaaiona. Akazunza musoro sebhuru remombe rinotanda nhunzi. Mujaha akange abengenuka zvino semunhu apatika kuhope. Akaridza mhere achiti. "Hondo iyo! Hondo vakomana tapera! Haungadaro Simba shamwari..."

Zato haana kuzopedzisa kutaura. Akandiona ndave kusvetukira panze setsoko, ndichinoti mutara rimbinyu. Muruoko rwangu makange mune karimoti kemotokari kandakati kete, ndokubva kakiya magonhi ose. Aisavhurika nemukati. Motokari yakaita ruzha ichiridza muridzo uku moto mutsvuku uchibaka mumativi ayo. Vakomana vakavhunduka ndokundituka. "Mutengesi! Mutengesi!" Vakadaro vachirova mahwindo emotokari.

Bhanditi nechikwata chake vakange vave vasungwa vachiri mumotokari. Zvino nguva yekutambisa pakange pachisina. Ndakanoti pesengu, muchivanze ndini uyo pindikiti, muhofisi yamapurisa.

Mukati mehofisi makange mune mapurisa matatu echirume. Vaviri vainge vakagara zvavo mukati nechekumberi vachiita basa ravo. Mumwe mupurisa ainge agere pedyo nepagonhi painge pakanyorwa kuti, 'RUBATSIRO', namavara makuru. Akasimudza musoro achinditarisa.

"Vamupurisa! Ndinonzi Simba. Ndauya naBhanditi ari mumotokari yangu iri panze!" Ndakadaro ndizere mafemu uku chipfuva chichiita sechichatsemuka nekuzarirwa.

"Iwe muchinda, dzikama. Taura nyaya yako zvakanaka kana wauya kuno kumapurisa. Unorevei chaizvo kana uchiti wauya naBhanditi ari mumotokari yako?"

"Ichokwadi, ndauya naBhanditi wamunotsvaga namaziso matsvuku. Ari mumotokari yangu nevamwe vake. Chimbidzai, handei..."

"Iwe muchinda, usade kutamba nesu. Unondinzwa! Ndati dzikamisa hana yako, uti pfavava ipapo. Kana uchiti wauya naBhanditi unorevei chaizvo?"

"Vamupurisa, kani! Nda..."

"Iweka! Usandiudza kuti Bhanditi azvipira kuzviisa mumaoko emapurisa, kana ndabata mashoko ako."

"Kwete, ndini ndauya naye kuti mumusunge. Chimbidzai! Handei kumotokari yangu asati afunga zve..."

Mupurisa uya akatanga kundiseka. Vashe vangu imi, akashama muromo sedahwa ndokuona mukanwa make makatsvuka kuti piriviri, sedomasi. Ndakanzwa dzungu rehasha richizara kumeso kwangu. Ndakaridza tsamwa.

"Vanhu imi!" Akadaro akandinongedzera uku ari kufa zvake nesetswa. "Musapengeswa nemubairo wemari ichapuwa kumunhu achasungisa Bhanditi. Unondinzwa here iwe muchinda! Asi, munoita Bhanditi wekutamba nayesu? Kana ku..."

Haana kuzopedzisa muromo iwoyo. Panze pakanzwikwa kutinhira sebhanan'ana. Pane chimwe chinhu chakarovera nesimba guru chichiputsika pakarepo. Takatarirana nemupurisa uya akange ati mwi. Hezvo, chinhu chiya chakatinhira zvekare kechipiri. Ndakati svaku, ndokunomira pagonhi ndichinotarira panze kwakange kune motokari. Ndakaona motokari yemunhu yave neziburi pahwindo semwena hwehwiribidi.

Ndakabuda muhofisi yamapurisa ndiri pfuti, ndakananga kwaive nemotokari. Ndainge ndakabatira ura mumaoko, pfungwa dzaimhanya-mhanya mumusoro, ndave kufunga motokari yemunhu. Handina kuzvigamuchira kuti yakange yaputswa hwindo nenyasire vanaZato nechikwata chake. Veduwe-e, izvi zvakandipedza simba ndiye gojodo, ndichiiona yabhozhongorwa hwindo rekumberi. Zato naKuku vakange vabudamo vachitiza vakananga kugedhi. Mukati memotokari makange masara vavakomana vaviri vaiita nhangemutange vachida kubuda panze nepaburi diki panguva imwe chete zvichiramba. Ko, zvino Bhanditi akangeaenda kupi? Nhunzvatunzva iyi yaityisa nekuti yakange iri ngozi zvayo igere pamunhu.

Ndisati ndazviwanira mhinduro, ndakaona mumvuri wemunhu uchinoti vhenyengu, parutivi rwemotokari, asi iye ari seri kwayo. Aikazve, munhu uyu ainyahwaira seshumba achiuya kwandaige ndakamira. Zvino mumvuri wake wakange wamutengesa. Maiwe-e, munhu uyu akange ari Bhanditi ainge asvetukirawo panze. Hana yakati bha, kurova. Bhanditi akange asina kupindwa nemweya wekutiza nehupenyu hwake sevamwe vake. Hezvo, nhunzvatunzva yakange yave kuuya kwandainge ndakamira ichishinyira senyoka uku musoro uri mberi ichida kunditunga sechipembere. Handina kupiwa mukana wekuinzvenga. Yakasvikoti bhagu, pachipfuva changu nezidzoro bandamba, ndichinoti mutara gwadagwa.

Ndakati kwarakwashu, pakarepo ndiye bate bate, pasi ipapo ndichitsvagawo dombo rekukunguzhura, mhondi mumusoro wanike mutara hamuna nedombo rose. Ndakarimbinyuka, segonye ndichinoti tumbi, kwakadaro ndatarirana zvino nemhondi yakange yauruka mudenga ichin'ara sembada. Maiwe-e! Muruoko rwayo yakange yave kuzeesa-zeesa banga, ichiita seinobaya munhu. Banga raipenya senyeredzi, richityisa kutarira munguva idzodzo dzeusiku.

Ndikaita zvekutamba pano, pangu papera, ndakadaro mukati mehana yangu.

Banga raive muruoko rwaBhanditi rwaizivikanwa kwazvo nezita rekuti Korambiya namakorokoza ekuMazowe. Raive nengove dzakaipisisa zvikuru. Rikati dyu, panyama yemunhu, raikusiya uchiita sewananairwa negonye rine unye. Ropa raisabuda. Raidunduvira mukati meganda, uchiita kafiramberi.

"Uri mutengesi Simba! Zvino nhasi Korambiya anokuita chamudeku-deku, dehwe raGwatiringa. Ndini Bhanditi kana usati wakambonzwa nezvangu!" Akadaro Bhanditi uya nenzwi raive pamusoro.

"Unoda kuzviita mungwaru, zvino ini handitambwe dzekumahumbwe nevanhu vakaita sewe. Waita mutete shamwari. Zvawaita izvi unozviitira vanaZato naKuku, kwete iniBhanditi. Zvino ndinoda kukuratidza nzira kwayo. Chiona, hauchisina nguva yekunomhan'ara mhosva dzangu. Waiti anosungwa ndiani? Inini!"

"Iwe Bhanditi!" Ndakadaro nenzwi raive pamusoro. "Ndakakumirira. Svika uone pandiri. Handimbokutya! Asi rega ndikurume nzeve, mwana wamai. Zvizive nhasi kuti pauchava bhanditi chairo chairo, wave kuChikurubi, ndipo pauchaonerera. Kwete zvako izvi zvaunoita wakasununguka uri pano panze. Ndini Simba ndati huya, ndakakumirira! Chawakadya chakumukira nhasi. Ndiri munyoro, asi rega ndikuzivise kuti ndinovava kupinda mhiripiri nyoro!" Baba vangu imi Shiri, uku kwaingove kuzvisimbisa zvenhema kuti zvityise, uku hana ichibika zvayo manhanga.

Takange tave machongwe maviri akange apinda mudariro retsiva. Tainge takatarirana kumeso pasina mumwe wedu aibwaira. Taimirira kuona anotanga mumwe zvataitenderera-tenderera tiri panzvimbo imwe chete, chombo chaive nemumwe wangu chakaita kuti ropa rangu rinzwike kuti vhiriri-vhiriri, richimhanya mukati metsinga dzangu ndapindwa nekutya kukuru. Apa ndainge ndamisidzana nemhondi ine banga muruoko ini ndine maoko chete andaimonya-monya serovambira iri kuda kuruma munhu.

Bhanditiachizviona, haana kufunga kaviri. Mhondi yakasekerera ndokukwakuka mudenga sekiti ichiti ndibaye munhu pano apa pachipfuva ndokubva ndatinzve-e, ndichienda kurutivi. Yakanosvikobata pasi iri mberi kwangu pamwechete nebanga rayo. Aikazve! Ko, zvayakange yakandifuratira.

Hoyo mukana wazaruka! Handina kuipa nguva yekuti imire titarisane zvekare. Pakadai, kungobwaira chete, wairasa. Ndakange ndatsamwawo zvino. Ndakaiti fongo, yataiita kumakare kwedu tichiri kuchikoro, ndiye munhu ngondongondo, kwakadaro.

"Hiya-a-a!" Ndakadaro ndichikwakuka mudenga sambuyamugogoda ndichiti ndipedzise munhu nezhaba yekuchikoro zvekare. Apa ndipo pandakairasa, vakomana imi. Bhanditi akauruka mudenga ndisingazvifungire achinoti kachi, kubata shangu yangu seanobata tsambarafuta. Baba vangu imi, ndakatenderedzwa mudenga sekapepa mhondi ichiita seinotamba mutambo wejerusarema. Handina kuzoziva zvakazoitika. Dzungu rakati tiba kumeso.

Akandihwengwezura, pasi ndokundihupukudza mudenga sejarata rizere nemadota. Hezvo, ndakange ndave mumhepo ndakananga pasi zvekare muromo uchinosvikoti mutara nyonde.

"Iwe, muchinda! Wagarwa nei?" Rakadaro inzwi remupurisa aimhanya achiuya kwaive nenyakanyaka.

Bhanditi akaona mupurisa achikovaira kwatainge tiri, asi haana kumutya kana kuzengurira zvake. Maziso ake akaramba ari pandiri uku achimonya muromo wake sechidzvororo. Ndinoona sekuti waivavarira kutsiva fongo yangu yainge yauya kwaari asingazvitarisire. Zvino ndiye akange ave nechitsvambe. Ndirere pasi ipapo kudaro, ndakamunzwa ave kushinyira zvekare uku banga rake rave kuuya kuzobaya padumbu pangu. Nekuchimbidzika ndakasimudza gumbo mudenga ndokunosangana nebanga rake rakanoti zete, patsapfu ndiye tinini, rabuda kunze. Bhanditi haana kuzoparadza nguva. Akaridzipura pakarepo achiita seanodzipura hoko iri kuramba kubuda muvhu. Akanhanzva ropa pabanga zvaaikwakuka mudenga, ndiye mumugwagwa gwirigwidi, hoyo kugedhi tande, kwakange kwaenda vamwe vake.

"Iwe muchinda, mira! Une chokwadi here kuita mawara kurwisa munhu pano pakamba? Wagarwa nei chaizvo?" Akadaro mupurisa uya achimhanya ari mumashure maBhanditi. "Ndikaverenga katatu usati wamira, hokoyo-o-o!"

Pasina kupera chinguva, pane chinhu chakatinhira chiri pedyo pedyo nepandaive. Hezvo, munzeve makanzwika kuti mvii-i-i-i. Zvimwe raive bara repfuti yemupurisa rainge radarika pedyo nenzeve dzangu. Ndakati cheu, kwaive naBhanditi akange ave chinhambwe achicheka mhepo. Ndakamuona achiti rezu, akavhura maoko seshiri yarohwa nedombo rerekeni. VaBhanditi vangu takati nyipu, tawira pasi, kwava kuungudza.

Mupurisa ainge aridza pfuti haana kumira pakange pana Bhanditi. Akasimudza pfuti mudenga neruoko rumwe chete achinoti svetu, munhu aive pasi seuto riri muhondo yakange yaminya. Haana kuita shura rekutarira Bhanditi aive akati rapata, pasi. Kumupurisa uyu zvaBhanditi yakange ichisiri nyaya. Akati navo vakomana vaviri vanaZato naKuku vaiita barara wamhanya vave kusvika zvino kugedhi.

Ndakati kwanyanu, pandainge ndawira ndichiona hondo yakange yaminya, wanike gumbo harichagona harichisina simba rekumira. Banga rainge rabaya tsapfu rikabuda nekunze. Zvino gumbo rakange rabata chiveve. Ndakasimuka negumbo raive nesimba ndokusvetuka-svetuka ndichienda mberi sendaitamba mutambo wevana vadiki wepada. Ndaivavarira kusvika pana Bhanditi.

Kumotokari kwakange kune zvakowo. Ndakaona mapurisa maviri pamotokari. Vaiti mukomana angobuda mukati, iyo mboma mumusoro dzichibva dzamuchenera pakarepo. Nyasire dzakaruma pasi, dzongoti misoro tsinin'ini, dzichisina remuromo.

Kugedhi kwakanzwikwa mhere yavanhu vaichema. "Maiwe-e! Maiwe-e! Ndofa, kani!"

Zato naKuku vakange vasungwa maoko vachizvuzvurudzwa namapurisa vachiendwa navo kuhofisi. Ndakasvika pakange pana Bhanditi, ndokumuona achifema.

"Wazondigona Simba." Akadaro Bhanditi uya, ndiye pwati, kuseka zvake seakange ari parugare. "Ndaudza vamwe vangu paye tichangobuda muhotera kuti tisaende kumotokari yako, asi zvino kamukomana aka Kuku, kakaka nharo sekanokaka dehwe renzou. Zvanzi handei chete kuna

Simba atibetsere nemotokari tinopiwa mari yedu naJulias. Zvino mari yacho ndeipi zvinhu zvazvadai?

"Hana yangu yandirambira kuti iwe unoda kutibetsera pachena. Ndiwe ani? Wabva kupi? Nyambisirwa uri mutikitivha zvako! Ufunge, motokari yako yandivhundutsa pandaiona. Kugerwa kwawakaita mumusoro handina kukufarira. Ndazviona kuti uri mupurisa chete! Zvino mhosva dzangu dzakawandisa kwazvo. Unoona ndichipona ipapa!"

"Bhanditi, afira nyora haachemwi. Mhosva dzenyu mese muri vashanu dzakawandisa. Asika, mumwe nemumwe achanomira ega mudare nekatundu kake. Sekuona kwangu, paushanu hwenyu mese kudai, hapana mutsvene. Mumotokari yangu muzere mbanje, mutoriro, *brongo*, zvinodhaka zvamange muchiputa nekunwa. Asi hamuzivi kuti nyika yave kutora matanho makukutu kurwisa nhunzvatunzva dzinotora zvinodhaka kana kuzvitengesa!"

"Iwe Simba, ndakubvunza kuti unondiona ndichipona ipapa, asi hauna kundipindura. Ini ndinoona vachindigura musoro. Vakandinzwira tsitsi zvichida ndichafira mujeri nekuti mhosva dzandakapara dzakawandisa kwazvo."

"Ichokwadi ichocho Bhanditi. Chirega kufunga zvakawanda. Wadii wamirira kutongwa kwemhosva dzako. Chiona wapfurwa gumbo. Ropa riri kubuda rakawandisa. Ndinoona sekuti bhonzo repagumbo ravhunika. Bhanditi, chivic hinodya mwene wacho. Kazhinji mabasa atinobata pano panyika anotitevera kwese kwatinenge tiri. Zvandawana mukana uno, ndati ndikuzivise kuti ndini mukomana uya ainge akabereka musikana wamaitsvaga mugwindingwi rekuChristonbank mumazuva mana adarika."

"Usandiudza, Simba!"

"Ichokwadi. Makatitsvaga mukatishaiwa tawira mugomba. Ndakanorohwa ndasvika nemusikana iyeye kumba kwavabereki vake vachiti ndini iwewe Bhanditi. Ndakaita nhapwa pamusha waSilas kwemazuva matatu andisingakanganwe muhupenyu hwangu. Uchindiona ndakadai ndakaita zvekupoya mushure ndashandisa zita rako iroro rekuti Bhanditi. Ufunge, vakanditya, sekutyiwa kwaunoitwa iwewe ndokuwana mukana wekupoya. Dai ndisina kudaro ndingadai ndakauraiwa."

"Inga vamwe mune midzimu yakasimba. Iwe Simba, dai takakubatai musango riya, chokwadi hamheno zvaizoitika kwamuri. Ko, musikana uyu chii chako?"

"Handina ukama naye. Ndaisamuziva. Ndakanzwa mhere yake mumugwagwa munguva dzeusiku ndichozvibvira zvangu kuhwahwa ndikati rega ndimhanyire ikoko ndinobetsera."

"A-a, kana usati waroora, chimutora zvino! Uyu ndiwo mukana wawapiwa nedenga." Akadaro Bhanditi ndokubva aseka zvake.

"Unorevesa here Bhanditi, kana kuti unoda kundinzwa chete?"

"Eheka, tenda isu takaita kuti muzivane. Pane zvechimoko paye. Kwete zvedu izvi zvekutora vemumabhawa tichiti vakadzi. Seni kudai ndakatoremara ufunge zvako. Handichagona kupfimba musikana ini. Ndinoda ivava vasinganetse, vezuva rimwe chete."

"Bhanditi, upenyu hwatinorarama kazhinji tinozvisarudzira zvatinoda. Asi unorevesa shamwari, Shamiso akanaka kwazvo. Asika, ini ndichigere kuziva hunhu hwake."

"Mupfimbe mugozivana. Asi une chivindi Simba. Dai takakuwanai paye taikudamburai misoro yenyu nebhemba. Shave rangu rakange rakandipotera. Pakafamba Mwari paye! Gomba ramakavira iroro kwaive kubiswa pamuromo weshumba. Unoziva here kuti musikana iyeye mwana waSilas?"

"Hongu ndinozviziva. Asi ndakazozviziva pave paye. Ko, iwe Bhanditi wave kuzviziva here kuti iye Silas wacho ashaya nhasi mangwanani nekuda kwemaronda ebhemba rako?"

"Usandiudza Simba! Silas abaya?"

"Hongu. Ko, iwe waiti airarama nepi, iwe wakamutema-tema nebhemba seunotema nyama yapamariro?"

"Hei, dai ndakaziva haitungamire. Asika, Julias ndiye honzeri. Aindituma kuita mabasa ose akashata nekuda kwemari yaaidya ega achindishandisa. Chionai pandasvika iye zvino?"

Hatina kuzotaura zvakawanda. Pakamba yamapurisa pakatanga kuzara vanhu. Mapurisa ane chitsama akauya kwandainge ndina Bhanditi ndokumutakura vachienda naye muhofisi. Ndakabetserwa kufamba nemumwe mupurisa ndokupiwa pekugara muhofisi tichimirira amburenzi yaizotiendesa kuchipatara. Bhanditi nechikwata chake vakaziviswa nezvemhosva dzavo.

Kufamba kwakaita mashoko ekusungwa kwaBhanditi kunokatyamadza zvikuru. Zuva zvarakange rave kubuda pakamba yamapurisa pakazara vanhu vachida kuona Bhanditi mhondiyaishungurudza veruzhinji yakange yave mumaoko emapurisa.Vatori venhau vakange vasvikawo nechekare. Vakaunganira Bhanditi vachimutora mufananidzo. Vakauyapandainge ndigere ndokundibvunza mibvunzo yakawanda. Hezvo zvandakange ndave kupiwa ruremekedzo rwegamba. Chokwadi mapurisa ainge apererwa nezano rekusunga mhondi yaizivikanwa zvikuru nezita rekuti Bhanditi. Zvino ini ndakange ndamusungisa nyorenyore. Ndakatumira shoko kuna Shamiso ndichimuzivisa zvakange zvaitika.

Shamiso akandibvunza nezvendarira yake. Apa ndisingawedzeri munyu munyaya yangu, ndakatsenga-tsenga mukanwa ndashaiwa mazwi ekumupindura. Ndakati kwaari mapurisa ainge aenda kumba kwaJulias nevakomana vakange vasungwa. Mwana wavanhu akaridza tsamwa.

Amburenzi yakazosvika pakamba yamapurisa pamwechete nemotokari yainge yaenda nenyasire vanaZato nevamwe vake kumba kwaJulias. Munhu akatanga kubuda mumotokari yamapurisa ndakamuziva pakarepo. Akange ari Julias Kaitano. Maoko ake akange akasungwa nengetani. Munhu aimutevera mumashure aive munhukadzi wezera rechidiki ainge akanaka kwazvo. Zvichida waive mudzimai wake.

Muhuro make ainge akapfeka ndarira yakanaka kwazvo yaibwinya dombo rengoda. Ndarira iyoyo yainge yakamunakisa zvekuti bhe. Ndakati kwanyanu, ndichida kuenda kwainge kune mukadzi uyu ndokunzwa gumbo rave kurwadza zvikuru. Pane ruoko rwemunhu rwakandibata kuti ndisawira pasi. Hezvo, zvarwaive ruoko rwemunhukadzi. Ndakasimudza musoro ndokusanganisa meso naShamiso. Imika, Shamiso akanditsvoda pamuromo chaipo kuti, mwa-a!

"Shamiso!" Ndakadaro ndichimugumbatira.

"Simba!"

"Shamiso! Tarira ndarira yako iyo yakapfekwa nemukadzi uyo auya naJulias. Handei, unomhan'ara nyaya yako."

Magumo

Pamusoro Pemunyori

VaStephen Mushamba vakazvarirwa kuMazowe
paHenderson Research Institute mugore ra1974.
Vakadzidza paHenderson Primary School vakazoita
zvidzidzo zveSecondary paMorris High School, Murehwa
mugore ra1991. Vakashanda paHarare Institute of
Technology (HIT), Gweru Polytechnical College
neUniversity of Zimbabwe saLibrarian. Parizvino vanoita
zvekuchera goridhe kuKadoma. Vakanyora mabhuku anoti
Mavanga Orudo (Advanced Level Set Book 2017 to 2019),
Simbiyamudhara (Shona novel 2014), *The Mbare Gangsters*
(novel 2015).